Apología a un amor no correspondido

Eric Depuni

EDIQUID

Apología a un amor no correspondido
© Eric Depuni

Editado por: Corporación Ígneo, S.A.C.
para su sello editorial Ediquid
José Olaya 169, Ofic. 504, Miraflores. Lima, Perú
Primera edición, abril, 2025

ISBN: 978-956-6404-40-8

Se terminó de imprimir en abril de 2025 en:
ALEPH IMPRESIONES SRL
Jr. Risso Nro. 580 Lince, Lima

www.grupoigneo.com
Correo electrónico: contacto@grupoigneo.com | Teléfono: +51 955 071 270
Facebook: Grupo Ígneo | X: @editorialigneo | Instagram: @grupoigneo

Colección: Nuevas Voces

Contenido

Primera parte:
Maldiciones y propósitos

Si está bien, agradezco y te corresponderé.
Si está mal, como nunca lloraré.
Mientras tanto apuesto todo por saber.

Bien o mal, JULIETA VENEGAS

Puede que sea exagerado, pero de vez en cuando Dazai tenía la paranoica sensación de estar envuelto en alguna clase de maldición gitana o de estar «trabajao», como diría su Yayita. También pensaba que, a lo mejor, estaba pagando pecados de alguna vida pasada o, simplemente, su suerte era como la de aquel viejito de la película *Benjamin Button* al que le caía un rayo siete veces a lo largo de su vida.

Bueno, él creía que la maldición se acercaba más a los territorios engorrosos del amor, porque jamás había sido correspondido. Suena penoso, lo sé, pero es lo que le tocó. Estaba casi seguro de que no era ni por feo ni por desagradable, varios pretendientes en sus adulaciones se lo habían comprobado, a no ser que hubiesen sido mentiras.

Pero aunque así fuera el caso, conocía a un montón de feos y desagradables que estaban de lo más bien emparejados, así que no se explicaba su tan mala racha. Por eso pasaba tanto tiempo preguntándose por qué era.

Hubo un momento en el que supuso que podría ser un castigo divino. De niño temía que ser gay le condenaría a la soledad perpetua, tal vez Diosito le mandaba señales para dejar de lado ese camino sodomita. Sin embargo, muchas parejas gais enamoradas le demostraban lo contrario. Probablemente el problema era él, pero prefería pensar que era una maldición, que alguien, odiándole en secreto, estaba deseando que nunca encontrara el amor.

De hecho, él tampoco correspondía. Esa era una elección voluntaria, se mantenía enganchado férreamente a estar soltero. También pudo optar por la solución que muchos humanos suelen escoger: emparejarse con cualquiera capaz de darle suficiente atención y amor, acostumbrarse, agarrarle cariño, hasta que, con el tiempo, pudiera enamorarse gracias al tiempo convivido. Pero él no era así, era un romántico y prefería lo real, independientemente de si parecía imposible.

Le era frustrante saber que cada persona que conocía al menos había experimentado su versión de comedia romántica, mostrándole un recordatorio imperecedero de que nunca había sido amado. Así es como una pregunta cíclica le visitaba a medianoche: ¿por qué no a él?

Lo triste, entonces, era que en su afán de querer un propósito quiso ser escritor y se preguntaba de qué tratarían las historias que iba a escribir. Creía que todas las narrativas necesitaban de ese romance, porque el mundo constantemente le sugería que la vida se trataba de casarse, tener hijos, formar una familia y echar raíces. De ahí venía esa desesperación de ser correspondido, porque después de ser un joven libre y despreocupado, ¿qué haría con su tiempo libre?, ¿con el resto de sus días en este planeta?

Con sus acotados veinte años, todo ese tiempo libre lo había ocupado en sobrepensar, leer, beber y drogarse. Iban contadas tres ocasiones de enamorarse sin ser correspondido. La repetitividad del evento, en sí, la vio como una señal y la tercera fue tan intensa que no le cabía duda de que estaba maldito y destinado a estar solo.

Los acontecimientos que constituyen lo que se está por narrar se dieron durante su segundo año universitario. Junto a Alan, otro punitaquino amigo desde los quince, vivían en una residencial estudiantil; él estudiaba arquitectura y Dazai, traducción. En primer año fue cuando conoció a su tercer amor platónico y, como dice Camila, «todo cambió».

Ahora, consideraría apropiado contextualizar un poco el repertorio de fantasmas que le habían roto el corazón. El primero fue Adam, un vecino de la misma edad con gustos japoneses similares. En ese entonces no estaba tan claro de su sexualidad, sin embargo, no podía evitar sentir mariposas en la panza cada vez que escuchaba ese «¡Aló!» gritado desde la reja. Quiero decir, el joven Dazai jamás había experimentado emociones tan extrañas por otro ser humano. Solo le quería ver a él y no se cansaba de su compañía.

De a poco fue comprendiendo que le quería más que a un amigo y ni siquiera eso: le amaba, puede que incluso estuviera obsesionado. Lamentablemente, a este vecino no se le quemaba el arroz como a él, por lo que no tuvo más opción que conformarse con guardar sus apasionados sentimientos y aprender a disfrutar de su amistad.

Después de muchos años torturado con dedicar canciones, escribir poemas, entre otras tantas humillaciones, regresó con aun mayor impacto «la maldición del no correspondido» en forma de su amigo Sushi. En esta ocasión, el problema no era su sexualidad, todo lo contrario, a él le gustaban tanto los hombres como a Dazai, solo que no le gustaban los hombrecitos como él, de esos afeminados o escandalosos.

Con el tiempo aprendió que, al parecer, a ningún gay le gustaban de esos. La maldición dolía el doble, porque, por lo menos con Adam, sabía claramente que no existía la remota posibilidad; en cambio, con Sushi, ilusamente toda señal o gesto amable era una chance de algo que, con desgracia, solían ser rollos suyos. Y su amigo era demasiado amable.

Aun así, hasta el más mínimo afecto se convertía en una esperanza inexistente que le incitaba a intentar combatir en una batalla perdida. Cuando terminó la temporada liceana, ya se había resignado a que no ocurriría el tan anhelado romance juvenil que añoraba. Recordaba bien su cuarto medio: desesperado por encontrar ese amor de adolescencia, ser como Fer y David, como Kurt y Blaine, como Ian y Mickey. Pero a medida que se acababa aquella etapa, afrontaba su solitario destino. Si encontrar el amor no era parte de su camino ninja, debía buscar una nueva misión, una razón para darle sentido a todo.

II

La inyección de THC después de una quemada, una dictadura de silencio mientras nadaba con las corrientes de aire en la cima de un cerro. Ambos sobre la reina de las rocas, entre el color verde árido del paisaje. Estaba tan a gusto con el viento acariciándole bruscamente el pelo, quizás porque disfrutaba de su efusiva charla o porque se sentía en calma, inmerso en la soledad de las alturas, o tal vez solo era el aturdimiento cannábico que le provocaba disfrutar de todo sin razón. Sin embargo, lo más probable era que los efectos de la lámina con ácido lisérgico, ingerida antes de subir al cerro, estaban empezando a pegar.

Ese día, temprano, despertó atolondrado. Apenas se levantó para llegar al baño percibió, por la falta de ruido, que su familia no estaba. Se encontró con unos amigos amanecidos de una noche de fiesta por la calle mientras compraba pan para desayunar.

La temporada veraniega producía que las ofertas para alcoholizarse o drogarse ocurriesen con frecuencia, así que repetiría la vieja costumbre de ir a tomar al estero. No había pronosticado que ese día probaría LSD por primera vez, pero una vez que se lo ofrecieron no se pudo resistir. Veía a Cami como un tótem de la suerte en las andanzas bohemias, se convencía de que junto a ella era imposible que algún percance se interpusiera en la diversión. Profesaban que esa positividad les conseguiría lo que fuera, no había más que acceder ciegamente como en una ruleta rusa.

Ella era Dora y él su Botas, así que era común que le siguiera en todas sus caminatas. Una vez que la sustancia química entró en su sistema, Cami se puso de pie y caminó decidida, sin dirección, pero en subida. Consecutivamente él hizo lo mismo. Siguieron una ruta por una cadena de cerros conectados, hasta llegar a la cima del más alto y subieron a la piedra más grande que lograron encontrar.

Según su perspectiva, algo trastornada, veía que las nubes se desmenuzaban en formas caleidoscópicas; apreciaba y contemplaba cada planta, piedra, insecto y pájaro de un modo renovado, incluso mejor, como si la calidad de enfoque de sus pupilas hubiera aumentado. Por primera vez se daba la oportunidad de no pensar y solo probar la belleza en cada fracción del lugar y del tiempo.

Por su manera de actuar era evidente que Dazai era un novato. Su amiga, en comparación, lucía bastante estable, guardaba su compostura, solo sonreía o hacía comentarios cortos y precisos. Después de haber fumado un cigarrillo de marihuana, se comieron unas papas fritas de bolsa mientras imitaban a personajes de la esponja de pantalones cuadrados, sin ningún éxito en el intento.

En un rato, el calor se mimetizaba con la frescura de las brisas atraídas por la transversalidad del valle. Sentados en esa piedra, tuvo un momento de claridad: «¡Puta, que amo a esta huevona!», pensó. Quizás está sobredimensionado decir que la amaba, pero esos eran sus sentimientos en el momento. ¿O solo estaba enamorado de su amistad? Puede ser.

La había tenido aportándole esa intensidad única que se puede experimentar en una relación sin sexo ni besos, ese amor tan incondicional, tan desinteresado, que solo procura abastecer de compañía, risas y confianza. Meditaba, afrontando que puede que no necesitase amor romántico si tenía buenas amigas y Cami era más que buena. Apareció rescatándole de las cavernas de la depresión existencial, como Hércules salvó el alma de Megara del inframundo.

La conoció justo después de salir de la enseñanza media y obtener resultados mediocres en la PSU. Llegó cuando estaba perdido, sin rumbo ni propósito, mientras que ella trataba de criar a un niño de dos años en medio de una relación atormentada por los celos y afrontando su propia sexualidad bajo el techo de una madre homofóbica.

La caminata le había deleitado con claras epifanías sobre su vínculo, porque existía una conexión telepática absurdamente inverosímil que, si explicaba, quedaría como lunático. Después de un rato sentados, ella le aconsejó que exploraran por separado. Estaban tan tripeados que era necesario disfrutar del silencio y tratar de estar en calma. Ella desapareció como por acto de magia. Era una morena fibrosa con tatuajes de un zorro en las costillas, una ballena en el antebrazo izquierdo, un elefante bebé en el hombro y una jirafa en el antebrazo derecho. Bastante ágil, moviéndose tal como un lince, andaba en sostén por el cerro, libre de pudores.

Después de que marchara a su aventura, nuestro protagonista no sabía exactamente qué hacer. Caminó para pensar un buen rato, hasta darse cuenta, por un segundo, de lo perfecta que era la acústica para cantar. Entonces, en modo actor de musical, comenzó a interpretar *I'd Rather Go Blind* de Etta James, un himno del desamor que escribió junto a un amigo al que fue a visitar en prisión. Iba dirigida a Leonard Chess, un hombre casado, dueño de la discográfica.

Si bien su amor era recíproco, en los años cincuenta era impensable que un hombre caucásico se divorciara de su esposa (igual de caucásica) para casarse con una cantante afroamericana adicta a la heroína. Por eso, Etta le imploraba en esta canción:

I would rather go blind boy.
Than to see you, walk away from me.[1]

Era inevitable que cantase y no llorase instantáneamente cuando llegaba a esa parte, calaba en lo más profundo de su corazoncito quejumbroso. La elegía de su maldición, porque en cada etapa de su vida le hacía sentir identificado. Se la dedicaba a Julio, el tercer e inalcanzable platónico, quien se había convertido en el culpable de sus intensos años universitarios. Hipnotizado

---

1   Preferiría ser ciega que ver cómo te alejas de mí.

por su propio canto, un amigo le interrumpió de golpe al llegar casi corriendo hacia él.

—¡Hueón!, pensé que te había pasado algo…

Se avergonzó bastante, ya que tenía los ojos llorosos. Además, era él, el culpable de la segunda maldición: Sushi. No supo qué responderle, así que simplemente le dijo la verdad:

—Puta, es que me puse a cantar y me dio penita…

Esperó una mirada enjuiciadora o alguna burla, pero como siempre le causó gracia su extraño comportamiento. Sushi dijo haber escuchado un grito y pensó que se había caído. Aunque no le preguntó, Dazai explicó que disfrutaba de conectarse con la emoción de una canción, solo que esta vez el sentimiento le había descontrolado. Sushi no comentó nada al respecto y le preguntó por Cami, a lo que él respondió que se había ido a disfrutar de los efectos de la droga por las suyas. Sushi se fue a buscarla, dejándolo solo nuevamente (que era exactamente lo que anhelaba).

Dazai siguió con su canto, acostado en una piedra enorme con un lado plano, porque si algo le caracterizaba era lo mucho que se la pasaba cantando, ya fuera de camino a la universidad, en la ducha, cuando se lavaba los dientes o en bicicleta. Se podría decir, incluso, que era una de sus tantas adicciones.

Estaba en eso cuando, de repente, apareció un vuelo masivo de mariposas estruendosas formando un remolino anaranjado incorpóreo. Se acercaron a él a toda velocidad, su aglutinación era tanta que llegaban a levantar polvo del suelo y sus aleteos sonaban voraces. Volaron sobre él y, de vez en cuando, sus alas le tocaban ligeramente haciéndole cosquillas. Se asustó un poco, pero estaba maravillado. No sabía si realmente estaban allí o si las estaba alucinando y encima, en un instante, ya se habían ido.

Dazai puede que no lo recuerde, pero tras ver el remolino de mariposas pudo observar una versión de sí mismo como desde un espejo. Sin embargo, en esta versión de él se encontraba abrazado a su mejor amiga. Observó que se trataban como pareja, se veían felices y se daban un beso, no apasionado ni morboso, sino de genuino amor.

Al volver de sus experiencias por separado, Cami había advertido que no convenía irse de noche. Sin embargo, sin darse cuenta, las lomas comenzaban a ser tapadas por las velas sombrías del anochecer, obligándoles a acelerar la marcha para no ser atrapados por la oscuridad total en un cerro carente de focos. Lo inconveniente de los alucinógenos era que tenían un efecto bastante prolongado, así que los esfuerzos de Dazai por bajar de ese cerro ileso parecían inútiles.

Por un lado, no podía ver y, por el otro, no sabía si lo que veía era real o parte del imaginario psicodélico, lo que le impedía dar pasos. De todos modos, tras un largo camino de casi una hora, llegaron a una plaza. Allí, según le contaron, se agachó con la cabeza hasta que su frente tocó el césped. No sabía por qué habría hecho eso, no lo recordaba, pero sí recordaba que Sushi le ayudó a levantarse.

Lo que todavía estaba en su memoria era el momento en el que llegó a su casa y se acostó con la ropa puesta. Pasó un buen rato dormido y cuando abrió los ojos sintió un poco de tierra en el rostro, unas ramas pegadas a la ropa y en el pelo. Asustado, pensó: «¡Qué chucha! ¿Acaso me quedé en el cerro?». De un salto acelerado, golpeó con la palma la cama y al tocar la blanda textura pudo confirmar que estaba en su casa.

Esa salida montañera había sido una apropiada despedida a sus días de verano en su pueblo natal. Sabía que iba a extrañar los regaloneos de su madre, las tomateras con los amigos de la infancia, las invitaciones diarias a fumar marihuana, sus tomadas de mate a orillas del deshidratado estero. Sin duda, recibía con un recargado entusiasmo el comienzo de la vida universitaria. Punitaqui claramente tenía una calurosa y reconfortante forma de tratarle, pero sus treinta grados diarios ya eran suficientes para su cuerpo flacuchento, con repudio al calor y fanatismo al frío.

Era tiempo de regresar a ese clima bipolar serenense con el que se sentía tan acostumbrado. Cuando llegó a la residencial, dejó su bolso y maleta en la pieza. A toda prisa, partió a ver a Olguita, a quien consideraba su hermana citadina de esos años de estudiante empobrecido. Su amistad había comenzado un día que reconoció su pinta de volado en el patio y se le acercó a pedir papelillos. Así de sencillo floreció la amistad. Se cayeron bien con solo un rato de intercambio de tallas, por eso decidieron hacer una fusión que, en conclusión, los unió.

Apenas se vieron, se abrazaron con todo el escándalo que un amigo cola y su mejor amiga podían armar. Se expresaron todo lo que se extrañaron y se acariciaban hasta más no poder. Entre cariños y abrazos, sacó una bolsita de plástico de su bolsillo, lo que provocó que Olguita estallara de emoción al ver ese verde cannábico. Ella armaba el caño mientras le contaba sus andanzas veraniegas. Era de Monte Patria, por lo que no pudo verle seguido. Le contó que trabajaba todas las noches en la botillería de su papá y que, además de salir un montón, conoció a un flaite pinta de canero llamado Exequiel. Salieron por dos semanas hasta que el cabro le dio por «peinar la muñeca».

Dazai le conocía tan bien que sabía cuál sería el desenlace de su relato, se había acostumbrado a escucharle hablar sobre hombres problemáticos. En todas sus relaciones iba de mal en peor. Con mucho esfuerzo, le repetía el famoso «amiga, date cuenta». Sin embargo, tenía un complejo de Madre Teresa. En cierto modo, vivía con la eterna fe de rescatar a uno de esos pasteles para convertirlo en un futuro marido.

Después de un buen rato charlando, el THC en la sangre les instaba a recostarse para ver series, acariciados gatunamente, hasta quedar dormidos.

Eran las once del día cuando Dazai vio su celular. De golpe, la irresponsabilidad le provocó un dolor estomacal de pánico. Salió de la cama acelerado por la impuntualidad y buscó el horario en la página web de la universidad para ver si le quedaba algo de tiempo, lo que en realidad era inútil, porque su instinto gritaba escandalosamente que la clase empezaba a las nueve y algo. Pero como la cola era dura, igual necesitaba cerciorarse. La Olga, con una mitad de la cara pegada al cojín, se reía a carcajadas de su rostro espantado.

Se vestía a toda prisa con el teléfono en mano, esperando que el internet cargara. Entonces, cuando al fin logró ver el horario, desistió de arreglarse para regresar a la cama con su querida amiga, que solo se burlaba a carcajadas de su mala suerte.

—¿Y al final a qué hora teníai clases?

—A las 9:45.

—Cagaste de hace rato, po, niño. Mejor fumémonos otro cañito que dejé guardado de anoche…

En segundos, su estado de culpa universitaria cambió a unas ganas locas de bailar. Se volaron viendo *Moonrise Kingdom*, porque tenían planeado ver todas las películas de Wes Anderson. una de esas películas en las que Dazai envidiaba a los personajes. Le hubiera gustado tener un romance tan inocente en su niñez. Siempre fingía que le gustaban las niñas y, de hecho, tuvo varios romances infantiles, pero no con quien quería.

Creía que el pololeo era una práctica humana que se ejercitaba toda la vida hasta quedarte con aquella persona que supuestamente sería la indicada para siempre, pero las personas de las disidencias no tienen esos ensayos de probeta hasta que están fuera del clóset.

En fin, almorzaron antes de ver la película, aunque seguían en pijama, conscientes de que pasarían el día flojeando como verdaderos holgazanes. Por la tarde recordó que tenía un compromiso con una organización estudiantil, al parecer, iban a pintar lienzos para una marcha o algo así. Su compañero punitaquino, con quien compartía habitación, también iría, así que caminaron juntos.

Dazai estaba tan drogado hasta ese punto que había olvidado lo mucho que le intimidaban aquellos seres hiperintelectuales, mateísimos y políticamente correctos. Bajo los efectos de la yerba, era un desafío tener que interactuar con gente. No podía evitar pensar que iba a decir algo incorrecto o estúpido.

De todas formas, ya no había remedio. Entró a la federación estudiantil y comenzaron los cariñosos saludos acompañados del típico:

—Hola, compa, tanto tiempo.

La vibra solía ser bastante acogedora, con sus abrazos de aquí por allá, sus interacciones fraternales y disfrutaba de lo guapo que eran todos los izquierdosos miembros de la organización. No les mentiré, en la mente perversa de nuestro protagonista, en realidad, estaba cotizando futuro esposo. Es que ahí se encontraba el enjambre de su prototipo ideal: hombres cultos, políticos y llenos de convicciones. Incluso, ya tenía más de uno en la mira.

Robinson, estudiante de sociología, muy guapo, con un lunar particular en la mejilla, usaba lentes y su extrema amabilidad le tentaba a besarlo.

Con Alan tenía una cantidad considerable de parecidos. Ambos geminianos, les gustaba hablar de política, tenían el mismo sentido del humor retorcido, sin mencionar que fumaban yerba como condenados. Podían fumar en la mañana, después del almuerzo, en la tarde, en la tarde-noche, en la noche, antes de dormir o en la madrugada cuando este se amanecía trabajando en sus maquetas. Cualquier excusa bastaba.

Lo mejor de esa amistad era que no se había convertido en uno de sus platónicos confundidores de la maldición no correspondida. Y no negaba que tuviese sus encantos, tenía lo suyo: un torso tonificado, moreno de ojos claros y le costaba mucho no fijarse en el tremendo paquete que se le notaba. Sin embargo, le tenía un genuino cariño de amigos. Apreciaba su amistad porque no le era muy común tener un amigo hetero tan cercano.

Lo más rescatable que les unía eran sus ganas de llevar un día a día dionisiaco. Inclusive, después de terminar los lienzos, incentivaron a los demás a beber en el parque Coll.

Lograron convencer a una gran mayoría que no le hacían el quite a una buena tarde de juerga. Con una cantidad considerable de pisco, acompañado de Sprite y las infaltables cajetillas de cigarros, salieron dispuestos a todo. Mientras se sentaban en el pastito, notaban con claridad que eran más personas de las que habían imaginado.

Invitaron al chico Lannister con una amiga *dealer*. Tampoco podía faltar Olga, quien llegó junto a Luna, su *roommate*; y Alan había invitado a su polola, que venía con sus compañeras de clase. La vuelta universitaria de por sí atraía a la comunidad estudiantil a reunirse en el parque, era casi obligatorio pegarse una buena tardera de hueveo en la mancha verde de la ciudad.

Por muy otaku que funcionara su cerebro, a Dazai le recordaba mucho al Bosque de la muerte que aparecía en *Naruto* durante los exámenes Chunin. Puede que fuera porque parecía que se podía perder en las profundidades de esa frondosa arboleda o porque siempre le decían que ocurrían situaciones truculentas, como asaltos, extrañas desapariciones u hombres jugosos que mataban el jolgorio.

Afortunadamente no ocurrió nada de lo recién nombrado, aunque si contamos como tragedia que Julio llegase acompañado de una barbie, entonces podríamos afirmar que hubo una seudotragedia. Alan le había llamado para que se uniera al carrete y él llegó junto a su hermano mellizo, un muchacho un poco tímido, y esa mujer hermosa. Dazai no le había visto desde hace mucho tiempo, por eso tenía unas ganas locas de abrazarle, pero le daba miedo que se molestara por estar con su nueva pretendiente, así que esperó a que él le saludara.

Mientras repartía besos y abrazos a la gente, se dio cuenta de su presencia y con una expresión alterada le gritó:

—¡Ven p'acá, po, panita!

Entonces, con sus largos brazos estirados le apretó contra su largo cuerpo, le abrazó recargando su corazoncito de adrenalina y oxitocina. Se desvanecía ante su persona. Estaba sorprendido de su actitud, no le importaba nada en ese momento, ni siquiera que su mellizo o su nueva novia le vieran tratar tan cariñosamente a un homosexual flacuchento.

Su pulso se aceleraba al cien con solo escuchar esa voz de locutor, oler su Blue Seduction de Antonio Banderas tan distintivo que reconocería como un perro policial a kilómetros y sentir su amor de amigo, que le confundía tanto como un problema matemático.

Para remate, decidió sentarse a su lado. Llamó a sus acompañantes, que había dejado de lado y, con un golpecito en la rodilla, le dijo:

—¿Y cómo has estado, panita?

Mostraba un interés realmente honesto de escuchar sus historias de vacaciones. De vez en cuando reprendía sus decisiones algo irreflexivas, llenas de vicios y locuras, pero siempre le divertía su manera de contarlas. No estaban ahí con el mundo, estaban en una burbuja de otra galaxia que él mismo creaba. Solo se preocupaba de recuperar el tiempo perdido, puesto que durante todo el verano estuvo trabajando como control de calidad en un *packing* en Rancagua. Y como la distancia es la mejor medicina para el olvido o al menos eso pensaba, Dazai intentó borrar sus sentimientos por él. No le habló ni se contactó en todo ese período, para finalmente lograr desvincularse de esa maldición tortuosa de una vez por todas.

Es evidente que sus poderes viriles tenían un efecto en él, imposibles de vencer, porque no lograba zafarse de sus encantos de ninguna manera. Era frustrante evitar lo mucho que le gustaba, incluso se odiaba a sí mismo si al final su interés se basaba en mera apreciación superficial, algo que, por cierto, estaba completamente en contra de sus propios principios morales. Luchaba con todas sus fuerzas por deconstruir todos esos paradigmas culturales típicos sobre el atractivo de la gente.

Es más, sus platónicos anteriores no le atraían necesariamente por sus apariencias físicas, sino que le habían conquistado con acciones altruistas, generosas o porque sus ideales morales y políticos estaban acordes con los suyos. Sin embargo, esta vez, como un estúpido personaje unidimensional de una película basura, se enganchó de ese trillado color azulino en los ojos, ese alto cuerpo futbolero tonificado y esa blancura en su piel.

Ya atardeciendo a Olga se le ocurrió jugar al Tomanji, que descargó en su celular. Trataron de persuadir a los demás al juego del terror etílico. Estaban todos reacios en un principio, obviamente, después de todo era un creador eficaz del caos, pero aseveraban que era justo lo que necesitaban esa tarde improvisada. Gracias a su compromiso con el *show* y las malas costumbres, consiguieron que una mayoría participara del juego. Era una buena fórmula para unir a todos los grupos.

Antes de comenzar, la amiga *dealer* del chico Lannister había regaloneado con seis gruesos pitos. Por lo tanto, los drogos ya estaban en un estado bastante alejado de la sobriedad. Como era de esperarse, todos terminaron como chalas recién usadas. Reían de la nada y con pálidas sutiles. El mellizo de Julio demostró ser muy chistoso e inseparable de su bicicleta; la Olga dejó en claro que era incapaz de decir «cinco limones medio limón» y, por desgracia, a la polola de Alan le ganó el vómito, convirtiéndose en la primera víctima certera del Tomanji.

Al caer la noche, la impulsividad se estaba haciendo cargo de las decisiones de Dazai, quien tenía la costumbre de desaparecerse en los carretes para hacer el ridículo con gente desconocida. Es por esta misma razón que se llevó al chico Lannister a acompañarle en la travesía nocturna. Desde temprano tenía visualizado a un grupo que estaba alrededor de una fogata gigantesca. Como una mosca era atraído a una silueta de luz tenue, asándose con el calor del cancionero típico chileno.

En medio de la muchedumbre se mimetizó en el ambiente a lo camaleón. Solía ser un amante de la atención, por lo que le encantaba meterse entre medio de alguna multitud con toda la motivación y payasear sensualmente. La gente le avivaba la cueca para que les perreara hasta abajo.

No se dio ni cuenta cuando terminó bailando en medio de su propia manada. Los compañeros de la organización ya se habían ido, pero todavía quedaban Olga, Luna, el chico Lannister, los mellizos, la usurpadora y Alan, quien había regresado de dejar a su polola en su casa. La mayoría de los presentes se conocían desde que comenzaron la etapa universitaria y era una bienvenida a tono con sus formas.

Como la mayoría vivía en la residencial, siguieron el *after* ahí, a pesar de lo ebrio que estuvieran. Además, en aquella casa había un toque de queda que debía ser respetado: no podían entrar después de las doce, así que debían apresurarse. Se metieron tratando de aparentar que estaban sobrios y se fueron derechito al cuarto de Julio, su mellizo y el Lannister.

Todos, relocos, seguían tomando, hueveando y, para más remate, a la señorita Olguis se le había ocurrido sacarse un pito más. Bueno, aunque Dazai ya no podía consumir más, tenía el problema de que aunque estuviera sedado por el cannabis, iba a querer seguir quemando. Por eso salió corriendo a la pieza a buscar papel.

Al abrir la puerta, se encontró con una imagen inesperada. Alan meta calugazos con Luna en su cama, la más estricta del hogar y quien nunca imaginó que sería una conquista de ese hombre. Se apresuró, fingiendo demencia, para sacar los papeles de su escritorio y largarse de la habitación lo antes posible.

Volvió con una cara de sorpresa que no le quitaba nadie. Lo bueno es que todos estaban demasiado intoxicados para notar su asombro. Además, solo exigían que les pasara el papelillo.

Algo que le sorprendió toda la noche fue que no vio ni un solo beso entre Julio y la niña que trajo al carrete. Con suerte hablaban. Ella parecía ser callada, pero no tímida, solo que Julio no la incluía al grupo como se suponía.

En un rato pusieron *Rick y Morty* y ella salió a fumar un cigarro al patio. Conducido por mera curiosidad, Dazai se acercó para iniciar una conversación. No miento, tenía sus intenciones ocultas, pero es que realmente necesitaba saber si estaban en una relación o era solo una amiga.

—Oye… ¿y qué estái estudiando, amiga?

—Cachai que quería estudiar Derecho en la Cato, pero no me alcanzó el puntaje. No pude obtener gratuidad, así que estoy estudiando en el Santo Tomás —respondió, arreglándose el pelo con un gesto de desinterés.

—¿Derecho?

—Sí, Derecho.

—Ah… ¡Qué bkn!

Ella se le quedó mirando un rato y le dijo:

—Oye, tú que conocí al Julio, ¿cómo es él?

—¿Y tú no lo conocí bien?, ¿no están pololeando?

Le entró una risa fingida.

—¡No! Na' que ver, solo nos estamos conociendo.

—Ah…

—¿Por qué? ¿Te ha hablado de mí?

—Emmm… —pensó por un momento que en realidad ni la había mencionado—. Síí… Igual había escuchado tu nombre un par de veces.

—Y… ¿cómo será por ahí abajo?

—Pucha, amiga, no cacho, como que nunca lo he comprobado.

Se rieron juntos.

—Ah, ya, bkn. Por lo menos estamos seguros de que no es como tú, sin ofender. ¡Ja, ja, ja!

—¡Naa! No me ofendo.

—Hueón, es que a mí me gustan los hueones dotados, ¿cachai? Incluso me gustan un poco los negros, pero no así como morados de lo negro. ¿Me entendí?

Justo salieron los demás a fumar también.

—A mí me encanta que sean gruesos. ¿Y a ti?

—No te imaginái cuánto, po, niña.

A las nueve de la mañana recién se empezaron a ir todos a acostar, indicio de que había sido una misión cumplida y era hora de dormir porque el cuerpo se los pedía a gritos. Reponer el cuerpo significaba una prioridad máxima ante tanta sustancia dañina consumida, de modo que Dazai se quedó en la cama el día entero durmiendo. Con intermitencia pegaba sus miradas para revisar el teléfono, algo que todo milenial hace antes de dormir. Aunque tenía algunos reflujos y no estaba completamente seguro si vomitaba o no, al final fue solo susto.

Alan le despertó, su polola tenía lista la once y quería que les acompañara. Dazai los miraba con ternura cuando estaban juntos: para él eran una pareja poco común, relajada, libre de peleas ridículas o por lo menos no lo hacían en público. Ambos iban en la misma dirección y estilo: escuchaban rap, iban a marchas, reventados en los carretes, sociables, o sea, prácticamente almas gemelas.

El único inconveniente de esa relación se vinculaba con la falta de fidelidad de Alan. La pobre Marce no tenía ni una pizca de sospecha y lo peor era que no se podía controlar el tonto. Cada vez que salían, se enganchaba a alguna mina, cosa que era de todas las noches, pues al fin y al cabo eran estudiantes universitarios. A no ser que la universidad les demandara mucho tiempo, estaban en constante juerga.

La Olga siempre lo agarraba pal' hueveo con ese tema. Por el contrario, a Dazai, la verdad, le daba lo mismo, porque su lealtad con su amigo estaba por encima de su empatía con la Marce. Además, su compañero se lo compensaba siendo buen pololo. No era odioso ni pesado, no le celaba, no le ponía color si carreteaba sola y la regaloneaba en ocasiones.

«Por lo menos tenía un pololo», solía decir Dazai, «no como una, que anda arrastra' por uno que ni le da bola», por lo que su silencio la protegía de estar en su lugar, que anda sola con la soledad. Y encima hacían tan linda pareja que se los imaginaba casados. Así, pues, se convertía en cómplice para salvar un posible matrimonio bien bonito.

Después del tecito se echaron en el sillón para ver *Bastardos sin gloria*. En la mitad de la película, justo cuando le estaban reventando la cabeza a un hueón con un bate de béisbol, de pronto a Dazai le llegó una llamada de su hermana.

Empezó a hablar acelerada entre lágrimas:

—Mi papá tuvo un accidente grave. Mi mamá ahora está con él en la ambulancia. Tienes que juntarte con ella en la clínica Elqui.

Al escuchar aquella noticia, no supo reaccionar. No estaba ni triste ni alarmado y su mente quedó en silencio. Después del silencio, le vino una imagen de su padre muerto. Trató de negarlo, de evitar hacerse la idea. Luego veía en su mente el escenario de un velorio, luego un funeral, familiares llorando en su cajón, su mamá sumida en la tristeza. Se preguntaba si había alguna pócima que curase a una mente negativa. También se preguntaba por qué no lloraba dramáticamente.

Enseguida fue en dirección a la mutual con el fin de estar antes que su mamá en la clínica. En el camino utilizaba los audífonos, tratando de escapar de aquellas imágenes que se repetían como anuncios. Le tenía un cierto miedo al poder de la ley de la atracción. Paranoicamente creía que si se imaginaba algo terrible podría hacerlo realidad. Un miedo estúpido, pero real para él.

Entró, abordado por la luz atosigante del centro médico y su olor particular. Vio a su mamá sentada, con los ojos pesados de tanto llorar y sin nadie acompañándole. Cuando notó su presencia, vio en su rostro el primer sentimiento de alivio en su desgraciado día. Las lágrimas de su madre le empaparon el hombro. En realidad, no tenía ni idea de qué decirle, más que mantener la calma y expresarle un par de frases optimistas.

Desde el filtro inocente de la infancia, veía la relación de sus padres como envidiable. O sea, para él, esa imagen de cómo era una relación perfecta te invitaba a imaginarte casarte con tu mejor amigo, porque eso era exactamente lo que eran. No solían discutir, a no ser que fuera por culpa suya o de sus hermanas; eran confidentes, como un par de amigas que se chismosean; se reían entre ellos de sus tallas fomes e incluso era muy común que en la mesa tuvieran bromas internas que, de costumbre, incomodaban a sus hijos.

Irradiaban ese aire de comedia romántica, como las películas con Adam Sandler y Drew Barrymore, pero las cintas de este tipo no muestran lo que ocurre después del «felices para siempre», no advierten sobre esa naturaleza impredecible de la vida. Era como un golpe de realidad, exclamando que el final feliz existía solo en las pantallas, que solamente ellos podían pausar los mejores momentos y evitar los dramas.

Después de que se secaran las lágrimas, se pusieron de acuerdo para cambiar de tema. Siempre le explicaba a su mamá la ciencia de la ley de la atracción y aunque no le convencía por completo, cualquier cosa le servía para apaciguar su pena. Su madre le preguntó cómo iba con la carrera, a lo que tuvo que mentir, porque no había asistido ni siquiera un día.

Sus suspiros durante la conversación le daban escalofríos y parecían eternos, esperando una respuesta del doctor. No quería saber realmente lo que le había pasado en detalles, porque temía que eso empeorara sus esperanzas sobre su bienestar. Sin embargo, su mamá le quiso contar de todas formas.

El jefe lo mandó a abrir una especie de válvula con presión, sin saber que este aparato estaba encendido, lo que, en consecuencia, produjo que explotara apenas abrió la llave. El impacto disparó la llave con fuerza hacia su cabeza, empujándolo varios metros y reventando su frente hasta romper su cráneo. De acuerdo con los médicos, algo así habría terminado con su vida.

Además, la ambulancia se demoró un montón porque en urgencias de Punitaqui habían dicho que no era una herida grave, lo que complicó todo, ya que expuso su cerebro al aire contaminado y a cualquier tipo de bacteria o infección que lo afectara.

Además, los huesos de su cráneo estaban astillados por el golpe, su cabeza era como un Jenga después de varios turnos.

Tras saber los detalles de la situación, Dazai solo quería mantener su mente vacía. Le aterrorizaba comenzar a aceptar que no había salvación. De pronto, sin que lo esperara nadie, su tía Carola estaba entrando a la clínica. Llevaba puesto un vestido blanco, un elegante abrigo encima, un hermoso collar de plata, unos tacos elegantes y lentes oscuros.

—¿Cómo estái, hermanita?

Entre su mamá y ella se forjó una relación complicada de amor y odio. Ambas eran muy distintas en el actuar y en el pensar. Encima, como todo hermano, habían sido víctimas de las típicas comparaciones superlativas, lo que produjo un cierto tipo de competencia implícita entre ambas.

Su mamá seguía muy bien el prototipo de señora/ama de hogar, que era lo que se esperaba de ella, por lo que sus abuelos mostraban un favoritismo hacia su mamá que ni se dignaban a ocultar, lo que a su tía le producía bastante frustración. Aun cuando su relación era fraudulenta, un gran aprecio y estima se sobreponían ante sus diferencias. Sabían que podían contar la una con la otra. Cuando hablaban, se notaba esa amistad de hermanas, su tía le decía lo que necesitaba escuchar y hacía las preguntas correctas.

Después, su mamá le preguntó sobre ella, pero justo cuando contaba sus amoríos salió una enfermera, haciéndoles un gesto para que entraran a verle. Le entró un pánico cuando su tía le dijo:

—Entra tú con tu mami.

¿Acaso esta era la parte de la película en que el personaje agonizante le expresa su amor a sus seres queridos, con el continuo sonido del bip que sale en este tipo de escenas, y cuando finalmente va a decir un mensaje crucial en la trama el bip se acelera y muere? Su imaginación le traicionaba, como siempre. Caminaba apretándole la mano a su madre, quien no podía con tal martirio de espera.

La luz de la sala se mezclaba con el blanco de la camilla y de las cortinas, fundiéndose con su rostro completamente cubierto de vendas. Con suerte, se veían sus ojos hinchados y negros. Ella se le acercaba como si fuera de porcelana.

—Hijo, tranquilo... vamos a salir de esta —dijo entre lágrimas—, como hemos salido de tantas.

Gotitas pequeñas salían con esfuerzo de entre las vendas, mientras le tocaba el rostro despacio con sus dedos. En ese momento daba sus mayores esfuerzos por dedicarle palabras de agradecimiento, casi de despedida. Le habló por un rato en el oído, provocando sollozos continuos. Él le sujetaba la mano con fuerza, pero sus intentos de calmarla eran inútiles. Su papá le hizo un ademán para que se acercara.

Titubeaba para acercarse, porque no quería acabar como su mamá, convertido en un manojo de lágrimas y mocos, sin embargo, no podía desistir ante sus peticiones. Este era el momento para ser obediente, por lo que se acercó y escuchó:

—Mi niño... tienes que cuidar a tu mamá... y a tus hermanas. ¿Ok?

Esas palabras eran como un disparo repentino. El sonido de su pregunta le había estremecido por completo, como el adiós de un fantasma. ¿Es que acaso sus pensamientos positivos y su arduo afán por evitar los eventos negativos habían sido en vano? ¿Es que acaso era momento de creer en Dios y rezarle a la Virgen? Sus frases de despedida acababan con toda respuesta que pudiese darle en ese momento. Solo acariciaba su rostro precavidamente.

—Te amo, hijo... ¡Eres grande! —El goteo en sus mejillas no se detenía.

—Papito, vas a estar bien, te lo prometo. Tú eres fuerte, tú eres el súper po.

Sujetando su palma en la cara, él le respondió con una sonrisa que quizás se relacionaba con la ingenuidad de sus palabras hacia él o, tal vez, solo le sonreía para que estuviera tranquilo.

De igual manera, después llegó una enfermera pidiendo que dejaran la sala.

Al salir de ese luminoso lugar, su mamá apenas contenía el llanto. Su tía le abrazaba y trataba de consolarla, pero era difícil con todo lo que le había dicho su esposo.

Al parecer, lo iban a dejar ahí hasta al día siguiente y lo trasladarían en un helicóptero a Santiago por la tarde. Se quedaron en la casa de su tía, pues, pese a que podía devolverse a la residencial, pensó que era mejor acompañarles. Se empezaba a preguntar cómo sería su vida desde ahora. Después de todo, su papá era el que mantenía su humilde hogar en pie. ¿Este sería su karma, por ser tan holgazán, castigando a su papá para que trabajase?

Se sentía estúpido por solo pensar eso y se ahogaba en el silencio, lo que producía que su mente ansiosa pensara ridiculeces. Cuando su mamá se acostó a dormir, su tía le invitó a salir con mucho cuidado para no despertar a su mami y le susurró:

—Dazai, ¿vamos a quemar?

Al salir de la casa, una enorme camioneta roja esperaba afuera. Un amigo de su tía les proveería con lo único que podría rescatar su ánimo de la perra: la yerba.

En esa camioneta les esperaba un Lucho Jara inflado, al que se notaba lo baboso desde kilómetros. Miraba a su tía como si la hueona hubiese descubierto la cura del cáncer. El pito del míster músculo le había dado pila, en vez de dejarle relajado, hizo lo que suele hacer cuando está volado: hablar como cotorra. Después de mucha cháchara, se había fijado que ya les aburría todas las hueas que decía, pero no estaba ni ahí.

Al volver a la casa, por un rato observó a su mamá dormir. Pensó en lo mucho que ella amaba a su padre desde que tenía diecisiete años, todo lo que habían pasado juntos y lo mucho que sufriría si él falleciera. Las lágrimas casi invadían sus ojos, pero, como siempre, algo en él lo controlaba, no lo permitía, como si se hubiera adoctrinado a sí mismo a no sufrir por nada.

Segunda parte:
Se prohíbe carne en la mesa

III

En su año sabático, después del liceo, Dazai salió de paseo al Valle del Elqui con un grupo de amigos y entonces, en esa frescura del lugar, sumergiendo sus pies en el río, adquirió una importante revelación inducida por unos dos gramos de hongos que engulló en ayuno.

Todos, desde el exterior, le veían como el señor Burns cuando decía: «Les traigo paz», pero en su cabeza se estaba dando la discusión más álgida entre sus personalidades imaginarias. Puede que parezca esquizofrénico, pero tenía estas dos personalidades que había pretendido ser a lo largo de su vida. Primero, quiso ser Kaito, nombre inspirado en un personaje de anime de un programa de síntesis de voz llamado Vocaloid.

Quería ser este muchacho misterioso e interesante, pero a la vez tímido, que tenía gustos otakus y un corazón poeta, claro, solo para ocultar su feminidad. Sin embargo, apareció *Glee* en la televisión y conoció a los personajes de Rachel Berry y Santana López. Ambas inspiraban algo sagrado y digno de admirar para él.

Así fue como la ambición y el enfoque de Rachel fueron mezclados con la seguridad maldita de Santana. Eso engendró a Eris, una mujer dispuesta a despedazar a cualquiera por lo que quiere.

Los hongos le dieron vida a estos personajes, los cuales estaban junto a él discutiendo sobre quién era o lo que quería ser. Eris argumentaba que ser así de despiadada les llevaría lejos algún día, que la única forma de salir adelante en este país lleno de pobreza y corrupción era pisando a otros, mientras que Kaito decía odiar a la gente, que todos eran básicos, que la vida no valía la pena vivirla, que debía suicidarse lo antes posible.

Pero de repente se escuchaba una nueva voz, era un Dazai más tranquilo, que decía que lo maldito no les había traído nada bueno, que el karma les castigaba tarde o temprano, por eso estaban malditas de amor y se sentían miserables.

En ese momento, juzgó cada acción inmoral que había cometido, las veces que trató de gorda a su hermana, las inseguridades que despertaba en sus amigos, los desaires a sus padres. Por un instante era aplastado por una avalancha de acciones que le avergonzaban. Decidió entonces convertirse en mejor persona, se convenció de que el año siguiente, cuando entrara a la universidad, iba a reinventarse, encontraría la forma de ser la mejor versión de sí mismo.

Ahí comenzó un neófito amor por la moral y el despertar de un nuevo Dazai, uno más hippiento y bonachón. De aquella discusión afloraba una nueva personalidad, de ahí nació el protagonista de esta etapa en su historia.

Su nueva persona decidió cambiar todos sus hábitos y actitudes. Lo primero que hizo fue volverse vegetariano. Tampoco es que haya sido así de repente, pero un día vio una serie sobre animales en la vida salvaje y se encontró con una extraña conclusión.

Primero, el protagonista era un tigre. Se percató de lo tristes y solitarios que parecían ser sus días, su lucha continua por escasa comida, producto de todas las consecuencias corrosivas del cambio climático. También vio a una osa polar caminando kilómetros por la nieve para alimentar a sus hambrientos oseznos.

Le era inquietante ver cómo algunos animales sufrían día a día las consecuencias del calentamiento global y del impacto de la humanidad en sus hábitats. En un estado volátil, engulló todos los episodios de la serie, de vez en cuando se deprimía. Sin embargo, dentro de todo lo cruelmente realista, le fascinaba ver cómo los animales herbívoros estaban en manadas grandes, era la materialización silvestre de los ideales comunitarios y colectivos, una cualidad que les facilitaba la supervivencia, como también el hecho de que su alimentación provenía del mismo ecosistema, comiendo plantas, arbustos o frutas.

Obviamente, los carnívoros en estas historias eran villanizados. No obstante, en los capítulos en que tenían protagonismo, indiscutiblemente era una tarea complicadísima atrapar a algunas de estas presas. Es más, los animales como los tigres o leopardos comían una vez al mes o menos, si su suerte era buena.

En cambio, los animales herbívoros tenían manadas grandes, la compañía no les faltaba; tenían tiempo para jugar, acariciarse, protegerse y establecer sistemas complejos de dinámicas sociales. Después de mucho reflexionar, su cerebro dopado tenía la hipótesis de que a los animales carnívoros les iba peor porque era consecuencia de su castigo divino al matar a otros animales, lo que producía que el karma les hiciera la vida difícil.

Así fue como eligió ser vegetariano. Aparte, en esta senda de ser alguien hippiento, se acercó al budismo y leyó por ahí que creían que alimentarse de otros seres vivos era carente de compasión.

Desde niño, el budismo había sido la única ideología capaz de eliminar su tenaz escepticismo. Con el tiempo, la creencia en el karma aumentó. Se preocupaba mucho de ser una buena persona, porque si seguía este modo de vida al pie de la letra, a lo mejor su suerte cambiaría.

El vegetarianismo cumplía con un rol fundamental en su proeza porque, al fin y al cabo, sabía que la industria ganadera era una de las principales responsables de elevar los efectos perjudiciales de los gases de invernadero, lo que significaba que también ayudaba a contrarrestar los daños al medio ambiente con sus conscientes decisiones.

Su camino por las creencias había dictado su forma de actuar y de reaccionar ante todo. En este pasaje de su historia, estaba algo obsesionado con la ley de la atracción y el karma. El extremo era tal que, cuando le pasaba algo como el accidente de su papá, buscaba enseguida alguna acción inmoral que hubiera desencadenado este «castigo divino».

Entre tanto pensar, se quedaba con la terrible conclusión de que a lo mejor su papá merecía tal tragedia. «Es que nadie tiene techo de vidrio», pensaba, menos su papá.

De joven, le hacía *bullying* a sus compañeros de curso, sus hermanos decían que solía ser agresivo y era hipermachista. Eso colindaba perfecto con su teoría sobre el karma. Sin embargo, esto no solo le afectaba a él, afectaba a toda la familia, de modo que le costaba confiar en algunos detalles logísticos de este sistema moral.

Se preguntaba, ¿por qué personas terribles como Paul Schäfer, Augusto Pinochet o el asesino del Zodíaco salían triunfantes e impunes? ¿Por qué muchos de los personajes que fueron funados durante la época de las funas no obtenían repercusiones de sus actos? ¿Es que el karma solo funcionaba con gente de clase media o baja?¿Por qué existen personas tan buenas que no pasaban de vivir desgracias?

En un universo alternativo, el día en que Dazai se comió los hongos en el Valle del Elqui, hubo un momento en el que quiso remojar sus pies en el río. De a poco fue adentrándose en el agua hasta quedar totalmente sumergido. Se sentía uno con la corriente, inmerso en el flujo de la vida y empezó a nadar río abajo. La potencia de la velocidad del caudal abstraía toda imagen. De repente, como en una secuencia de imágenes sucesivas, veía su vida entera, de principio a fin, su pasado y su futuro desconocido.

También pudo ver otras versiones de sus vidas y muchas versiones de su muerte. Entonces notó la fuerza del cauce y todo se tornó negro. Había muerto y no lo sabía. Sus amigos, muy tarde, se habían dado cuenta de que estaba siendo arrastrado por el río. Inerte, flotaba en una oscuridad total, reposando su conciencia en la nada. No sabía qué hacer exactamente, no había qué mirar, ni qué escuchar, pero no entró en pánico. Tan solo procedió a respirar oxígeno inexistente.

Inhalaba y exhalaba como las olas que salen y vuelven al mar. Una calma que jamás había sentido le abrazaba cálidamente, la paz de no pensar en el futuro ni recordar el pasado. El tiempo no existía. Un punto de luz iridiscente se abrió en medio de la oscuridad, respiraba al mismo tiempo que Dazai y en cada aliento se llevaba partículas de su ser. Eran fragmentos de su ser de los cuales se escuchaba la alegría y la tristeza.

De pronto recordó quién era, quién había sido y quién pudo haber sido. Entonces, de golpe, se asustó. La luz se apagó, le abandonó en la inmensa oscuridad que, después de tenerlo suspendido en el espacio, le soltó en una caída infinita.

Mientras sentía el peso del mundo y la gravedad sobre su cuerpo, escuchó una discusión entre sus yos y sus otros yos. Desesperado, utilizó la fuerza del ego y regresó a sentir la fuerza del río en su cuerpo. Sushi lo agarró del brazo para sacarlo del agua.

—¡Amigo, casi te lleva el río!

IV

Se despertó temprano para ir a la universidad. Por muy terrible que percibiera la situación, no lloraba a mares como una persona normal. Era extraña esa dicotomía de querer llorar desconsoladamente por el simple hecho de creer que era incapaz de hacerlo y, a la vez, proponerse erradicar cualquier negatividad que pudiera afectarle a él o al destino de su padre.

Al notar que se estaba acercando, se preguntó si a alguien le interesaría lo que había pasado. La verdad es que su nueva personalidad no le agradaba a ninguno de sus compañeros ni a los profesores.

Al parecer, sermoneaba a las personas y su opinión sobre diversos aspectos políticos siempre era vociferada, por lo que levantaba discusiones y resquemores entre muchos de sus futuros colegas. Muchos le decían el feminazi, el comunista y la cotorra, porque de hecho sí opinaba mucho en clase.

Al menos tenía una compañera a la que no irritaba y que a veces estaba de acuerdo con sus ideales, aunque no del todo. La Vale era una niña de su edad que se veía como una de primero medio. Tenía un rostro blanquito angelical y era pequeña, pero con una personalidad muy madura. Su mirada era cálida, como la de una madre o de una profesora de jardín. De pronto, esa mirada se fijó en él y le preguntó:

—¿Y tú, amigo? ¿Cómo estuvo tu finde?, ¿qué hiciste de bueno?

Ponerle atención a la gente es un talento mágico que Dazai no practicaba mucho, en cambio, la Vale era talentosísima en eso. Su cara reflejaba total interés en escuchar. Antes de llegar, tenía claro no contar lo que había pasado, sin embargo, su pregunta reflejó tal preocupación que tomó valentía.

—Amiga, mi papá tuvo un accidente grave ayer...

Apenas dijo esa oración, su rostro se modificó y puso la mano en su hombro.

—¿Y cómo está, amigo? ¿Fue muy grave lo que le pasó?

Entonces, comenzó a explicar la gravedad de lo ocurrido. Ella solo escuchaba atenta. En eso, Paz escuchó un poco de lo que estaba contando. Al explicar todo de nuevo, exaltada por la preocupación, le abrazó y le dijo:

—Tranquilo, amigo.

El gesto formuló que otros mostraran interés, pues hasta la profesora preguntó. De hecho, se sintió peor, no porque le pusieran en exposición ni nada, pero era muy lindo lo que hacían por él y no mostraba emoción alguna. Ni podía actuar la pena.

Se preguntaba: «¿Seré un robot? ¿No quería tanto a su papá como decía?». Todos le miraban con ese gesto de «llora si quieres llorar», «es normal sentirse mal» y todo eso. Pese a ello, seguía con la misma expresión de «Je, je, je, muchas gracias». Después de eso, continuó la clase. Ninguno de sus amigos sabía de lo ocurrido por esto mismo, no quería que la gente se diera cuenta de su falta de sentimentalidad.

Aunque, de todas formas, revisaba su celular por si alguna notificación demostraba que alguien se preocupaba por él. Era una estúpida contradicción entre querer que se preocupen y querer que nadie le hablara. El mensaje que esperaba ansioso era el de Julio. Actualizaba continuamente su DM por si algo llegaba de él, pero nada. Tal vez no sabía o quizás no le importaba. De todos modos, las notificaciones nunca llegaron.

La clase finalizó y se fue a paso veloz a la clínica. En el camino se encontró al chico Lannister, quien también había salido a la misma hora. Al verlo, lo primero que le dijo fue:

—¿Fumamos un cañito, amigo?

Y pese a lo que acontecía en ese momento, accedió sin pensar en que su vida era un desastre o que debía llegar a ver a su papá y lo vería drogado. No sabía si era por adicción o si en realidad necesitaba esa dosis para los nervios. El tema de conversación se orientó en revivir las aventuras del Parque Coll. Se rieron mucho con el Lannister, tenía un muy buen sentido del humor. Era de esos amigos heteros «semideconstruidos». Para él era «semi», porque pese a que era buen amigo, siempre desconfiaba de las intenciones de los heteros.

Estaba muy acostumbrado a conocer hueones heteros que se le acercaban con la intención de conocer minas y eso le hacía sentir utilizado, en vez de recibir una amistad genuina. Sin embargo, había algo en el rubio que provocaba confianza, tanto así que después de un buen rato riendo del carrete, le pidió si le acompañaba a la clínica. Al escuchar esta palabra se sorprendió por un minisegundo, pero sin titubeo aceptó sin hacer ninguna pregunta.

—Gracias, amigo.

Necesitaba que alguien estuviera por si cualquier emergencia aparecía o, en el peor de los casos, ocurría algo terriblemente malo que le condujera a necesitar un hombro para llorar. En la clínica estaba esperando su mamá, acompañada de sus abuelos. Parado frente a ella, tenía los ojos rojitos. Le presentó a su compadre rubio, quien actuaba siguiendo todas las normas de educación con el fin de darle una buena impresión. Su mamá puso una cara de «estabai volándote, niño», gesto que tradujo en segundos.

Un médico se acercó a avisar que se lo llevarían, por lo que era momento de despedidas. Obviamente, su mamá era la primera en entrar, mientras él esperaba junto al Lannister y sus abuelos.

En esos minutos, su insensibilidad le pesaba. Desde siempre había tenido ese problema de sentir que era un robot o alguna clase de sociópata. Lo peor de todo era que ni podía actuar la congoja, su cara de chiste era tan permanente que incluso seguía vigente cuando fue a despedir a su papá. Es probable que él pensara en ese momento que no estaba preocupado. Para más remate, hace tiempo que le decía a su esposa en sus noches de infidencias que su hijo no le quería tanto como a ella, porque le trataba con una implacable frialdad.

Al regresar a su casa se sentía como el peor ser humano del mundo. Por supuesto, su amigo se tuvo que mamar todas esas reflexiones al respecto a lo largo del camino, lo que apreciaba bastante, porque en esos momentos solía inducirse en una verborrea imparable, una característica que puede cansar a algunos. Sin embargo, el rubiecito le tenía paciencia. La residencia se convirtió en la aspirina de su culpa, puesto que al entrar vio sentado a Julio jugando Free Fire con su mellizo y el Alan. Justo estaban armando un caño, lo que era una bienvenida apropiada después de tanto bochorno.

—¿Y en dónde andaban, cabros? —le preguntó su roommate. El Lannister respondió:

—Fuimos a ver al papá del Dazai a una clínica.

La reacción de Julio ante la noticia fue una oportuna subida de endorfinas, porque llegó al punto de parar el juego y levantarse del sillón.

—Panita, me dejái loco. ¿Y qué le pasó a tu viejito? ¿Todo bien?

Le hubiera gustado haber llorado como viuda de película mientras contaba toda la historia, así como para que le diera un abrazo de consuelo. Pero habló con tal calma que el tema sobre el accidente fue pasajero. Con un pito enrollado, cambiaron rápidamente el tema, alejados de política, religión, noticias o cualquier temática sujeta a discusión, porque aunque se consideraban los mejores amigos, tenían opiniones completamente opuestas. Hablaban solo estupideces para disfrazar aquellas tensiones.

No sabía si era idea suya, pero durante esos años universitarios se dieron seguidas elecciones. Su profesora solía decir: «Se volvió a hablar de política en las mesas» y es que era verdad, a donde fueras a sentar a comer, había alguna discusión polarizada, la misma guerra fría instalada en todos los almuerzos y onces de las casas. Había una opinión que tenía que ser expresada en torno a todo, ya sea aborto legal, eutanasia, conflicto mapuche, inmigrantes, calentamiento global, homofobia, transfobia, lenguaje inclusivo...

Lamentablemente para Dazai, Julio, quien decía no considerarse de ninguna ideología política o religiosa, defendía con vehemencia a la derecha y aprovechaba cada oportunidad que tenía para desprestigiar a algún político de izquierda. Según Alan, era porque venía de una familia bastante clasista y facha, que defendía patrióticamente el legado del tío Pinocho, en especial su abuelo, quien lo crio, así que tenía mucho sentido que pensara así. Después de muchos debates que no concluían en nada, implícitamente acordaron no hablar de esas coyunturas en vela de la amistad.

La personalidad del mellizo de Julio, Augusto, irritaba a mucha gente en la residencial, incluyendo a Dazai. Tenía un humor infantil singular, se podría decir que demasiado, de ese humor liceano de dibujar pichulas en las mesas, poner sobrenombres, hablar de genitales... ¡Ese tipo de infantilidad!

Durante toda esa conversación, el sexo se imponía cada vez más como centro de tallas y comentarios ahueonados. A Augusto se le iba de las manos su forma de burlarse de todo, como si no entendiera que eran universitarios, «adultos». Dazai tenía entendido que decir que alguien era malcriado era bastante ofensivo, sin embargo, por esa misma razón creía que había tanta gente malcriada en la sociedad. Augusto le hacía pensar que esos jóvenes irreverentes y maleducados que no sabían comportarse ni con los profesores eran los mismos que no sabían comportarse en los trabajos, en las filas, en los transportes públicos o, simplemente, en la adultez.

Volaos, el ahueonamiento se iba incrementando y su tolerancia hacia la personalidad de este niño se transformaba dinámicamente. No sabía si por el hecho de que era idéntico a su hermano o porque, en cierto modo, también se sentía así de hueón, pero lo comenzaba a encontrar atractivo. Había algo en esa risa ridícula que le cautivaba. Entonces, se hizo de noche y los niños seguían jugando como ratas. Por su parte, no estaba realmente interesado en acompañarlos. Se levantó y fue a la cocina para preparar un bajón. De repente, Augu estaba detrás de él, preguntándole qué estaba cocinando. Con su cara de volado, que a la vez era de travieso o de malillo, le dijo con su leve tartamudeo:

—¡O... o... oe pene chico! —le solía decir eso a la gente.

—¿Tú soy... pasivo o... activo?

Se dio vuelta, dejó de pelar los tomates y respondió:

—¿Qué?

No estaba indignado ni nada, pero en trance, porque era más común de lo que piensan que un cis hetero quiera saber ese tipo de información. La morbosidad curiosa es irresistible.

Lo que le dejó anonadado era no saber exactamente qué responder. La verdad oculta era que, aunque muchos lo dudaran, su virginidad se mantenía intacta a sus veinte años. Su círculo cercano se rehusaba a creerle por su forma de actuar tan coqueta y porque era una persona que hablaba sin mucho tapujo sobre conversaciones sexuales. No obstante, ser un gay de un pueblo pequeño te ofrece una pequeña variedad para elegir con quién hacer el coito y no podía ser con cualquiera, más bien debía ser con el indicado, con el hombre que robara su corazón.

Como expliqué antes, las expectativas maritales de sus padres eran envidiables. Su mamá perdió su virginidad con su papá y él tenía intenciones de seguir esos pasos puritanos, aunque una vez lo intentó con un pololo gótico que tuvo de adolescente. Le invitó a su casa, que quedaba a tres de la suya, le esperó con un ron caro para disfrutar de una película de anime de vampiros. A su lado, lo único que hacía era tocarle suavecito el rostro, el abdomen, la espalda, la cintura y entre esos roces le apretó la cara para besarle. Gemía en un volumen bajo, como un gatito abandonado.

En poco tiempo le tomó en brazos hasta su habitación, una pieza desprolija: ropa esparcida en un colchón sobre el piso, un hoyo en una pared de vulcanita que maquillaba un escenario indecoroso. Le besaba el abdomen y sentía muchas cosquillas.

Después de un rato aburrido de su risa, le desvistió en un dos por tres. Esa exposición nunca la había sentido antes, nadie le había visto desnudo con tanto placer. Era una experiencia nueva que excitaba y a la vez le asustaba, tenía solo quince en ese entonces. De la nada, se convirtió en astronauta y viajó a Urano, un planeta que protegía solo para el futuro padre de sus hijos. En un abrazo apasionado, un choque eléctrico le aviso que ese rifle estaba cargado y apuntando.

Sus palabras sedantes trataban de convencerle, miraba a sus ojos con el objetivo de conquistarle, mientras él estaba frustrado y desesperado por no tener la suficiente fuerza para sacar ese cuerpo enorme y sudado de encima. Esa popular «puntita», eufemismo para la probada del peligro, le incitó a suplicar: «Sácalo, sácalo, por favor». Desde ahí comenzó el génesis de su cuidado puritano, de sus miedos a la sodomía, la duda de su identidad sexual incluso. Fin del *flashback*.

—No sé, en verdad, es que soy virgen —respondió.

Su reacción inmediata fue burlarse, no creerle y voltear los ojos.

—Yapo, pero en serio.

—Sí, es verdad, po.

Le miró por un buen rato.

—¿Y por qué querí saber?

—No sé… curiosidad.

Solo quedó reír después de esa respuesta, de esas risas incómodas. Súbitamente, Alan les interrumpió, también quería saber qué estaba cocinando. En esos tiempos de vegetarianismo, era todo un *master chef*, así que probablemente estaba haciendo alguna receta sin carne. Pero no solo a sus recetas les faltaba carne, sino a su vida entera.

Tercera parte:

Destinado a ser un uróboro

V

Diario de Dazai
Sin fecha

Llamé a mi mami y me dijo que ya estaba instalado en la UCI. Me dijo que su dolor era permanente y que, si era necesario, le tendrían que abrir la cabeza porque corría el riesgo de que se enterraran las astillas de su cráneo en el cerebro. Me dio miedo, si soy sincero, solo imaginarlo. Incluso se preguntaba cómo era posible que siguiera vivo.

Merecía un nuevo sobrenombre, más preciso, como «duro de matar» o algo así, porque, desde que tengo memoria, mi papá ha estado en accidentes graves. Había caído desde grandes alturas, sufrió electrocuciones, accidentes automovilísticos, un clavo en el pie y la lista podría continuar.

Mi mamá me informó que la Raffaela, con ayuda de mi cuñado, estaban cuidando a mi hermana chica. Me preguntó si podía ir a Santiago con las niñas porque mi papá quería vernos. Como estaba recién comenzando la universidad, acepté. Además, no me afectarían tanto dos días o más de faltar a clases.

Hacía mucho tiempo que no veía a la Raffa y eso que es mi hermana, pero a esa muchacha la rebeldía la tenía lejos del hogar hasta que ocurrió el accidente. Cuando cumplió 17 años, voló del nido para trabajar en Buin con una tía abuela en la feria. Después conoció a un mochilero anarquista en Valparaíso, se enamoraron, pasó un tiempo y se fueron a vivir juntos a una casa en medio de la nada, cerca de Tongoy.

Al principio me había caído bien el novio aquel porque, al fin y al cabo, parecía ser artista y de izquierda. Era por poco el cuñado perfecto: músico, odiaba el sistema y decía ser un aliado feminista, etcétera, etcétera. Una larga lista de atributos favorables que encajaban con el Dazai hippie.

Y por mis típicos prejuicios tenía miedo de tener un cuñado huaso o flaite, por lo que era grato que fuera de mi misma onda. Bueno, como dijo Juan Gabriel, «hasta que te conocí», porque el hombre, con el tiempo, resultó ser un metalero gruñón, arrogante y esnob.

El primer drama que tuvimos, como muchos en mi vida, fue atribuido a la política. Él tenía muchas opiniones sobre su activismo social de ese entonces. Le molestaba coléricamente que estuviera inscrito en un partido. Obstinado, me solía decir que la democracia no servía, que la mayoría de sus tíos comunistas eran vendidos, que eventualmente se terminaría vendiendo como todos, que nunca iba a cambiar nada en este país, que no perdiera mi tiempo.

Puede que tuviera razón, no existe una verdad absoluta después de todo, ni podía ver el futuro como para decirle si es que haría las cosas que afirmaba que haría. Pero la verdad es que me irritaba ese *mansplaining*, sentía que los hombres solían percibirme como alguien hueco y no en el sentido gay de la palabra, sino en el de que subestimaban mi inteligencia por mis gustos femeninos.

De cierto modo, sentía que mi cuñado se esforzaba por ganar un debate para demostrar su superioridad intelectual. En esa época le discutía cada argumento necesario, porque su arrogancia era algo difícil de soportar, su condescendencia insultaba bastante a mi ego.

Después de ese altercado, las tensiones entre nosotros empeoraron, comenzando con el hecho de que él era un metalero *hardcore* que odiaba toda clase de música que no fuera rock metal rompetímpanos con temática de genocidios y mujeres asesinadas. A mí me gustaba el pop gay —y bien gay— alternativo.

Este don erudito musical había perdido todas las chances de tener un cuñado ameno y tuvo que soportar a la lengua bífida de Eris. Era tanto el atrinco que nos teníamos, que me alejé de mi hermana por un año entero. No sabía mucho de ella y ni me interesaba preguntar tampoco, estaba tan enamorada que se había convertido en una versión femenina de su pareja.

Esa fue una de las primeras veces que nos distanciábamos a ese nivel, porque en la infancia solíamos ser inseparables. Mi mamá contaba que cuando entré al jardín, la Raffa quiso acompañarme, pero nuestras tías le habían dicho que solo podría si ya no usaba pañales. Y un día cualquiera agarró su pañal y lo tiró al suelo, todo por estar junto a mí.

Nos llevábamos dos años de diferencia y, desde niños, la relación se había trenzado por coreografías en el *living*, escuchar divas del pop y conversaciones eternas sobre la vida, el amor y su odio compartido al patriarcado. Esa amistad de hermanos no rozaba la perfección, menos cuando tienes demasiado en común con alguien con quien compartes casa, baño, colegio y encima amigos. La relación puede quebrantarse rapidito, aún más rápido si le quitas a su mejor amiga y eso fue lo que hice.

(Música dramática).

La Cami, mi mejor amiga, no siempre fue mi mejor amiga sino que fue primero de la Raffa. Todo sucedió cuando la Cami vivía en mi casa, después de haber tenido problemas con su mamá y separarse del padre de su hijo, por lo que mi hermana le ofreció alojamiento.

La relación entre ellas ya se estaba marchitando, porque Cami estaba desarrollando una relación muy «íntima» con la ex de su amiga, la Carolain, y eso afectó mucho su relación, dado que uno puede tener muchos exes, pero siempre hay uno con el que dices «ahí no, con cualquiera menos ahí». Para mi hermana ella era intocable y, cada vez que recordaba su tiempo junto a ella, la nostalgia le cristalizaba los ojos.

Pero como a mí me toca sufrir de la maldición de ser rechazado, ella sufría la maldición de rechazar a sus amores buenos. Terminó con ella por miedo a ser tildada de lesbiana, creía que era suficiente con un gay en la familia y, por esta misma razón, ver a su mejor amiga conectándose como ellas lo solían hacer detonaba una fiebre de ira y celos.

Esa tensión entre ellas abrió el paso para entabláramos una amistad con la Cami. Una noche tocó la puerta de mi pieza con un pito armado y me preguntó:

—Hola… ¿fumái?

Pasamos la noche conversando sobre ciencia, libros y también abordaron el tema de su sexualidad y teorías de género. Ella me presentó el libro de *La ley de la atracción* —el cual me prestó y nunca devolví— y la *weed*, que después de eso hizo su magia de unir a dos mileniales fracasados en busca de propósito.

Era claro, en ese punto, que nuestra amistad se convertiría en lo que se convirtió. A fin de cuentas, cuando se mudó a la casa, yo estaba en medio de un año sabático, laburando en trabajos esporádicos. Tenía demasiado tiempo libre para pasar junto a ella y no me interesaba pasar ese tiempo con nadie más, incluso me empecé a alejar de muchos amigos de la adolescencia.

Lamentablemente, mi hermana no tomó muy bien esta amistad y, combinado con el hecho de que se rumoreaba que Cami se había comido a la Caro en un carrete de Año Nuevo, desató que un día Raffa encarara a su amiga de años por tal traición.

La relación no volvió a ser la misma después de aquella discusión, porque Cami no iba a dejar de querer a Caroline, como tampoco dejaría de ser mi amiga y mi hermana no aceptaría ninguna de estas opciones. No sabía si aquello provocó que se distanciara de Punitaqui, cargaba muchas razones adjuntas para largarse del pueblo. Sin embargo, guardaba un rencor grande hacia mí y Cami que no iba a sanar de la noche a la mañana.

• • •

El mochilero estaba al tanto de esta historia shakesperiana de traición y amor, por lo que se sentía en un escalón moral más alto. Esa era la razón que utilizaba para que Raffa no viajara mucho al pueblo. Le solía decir que ni Dazai, ni Cami, ni su familia le querían y que no merecían sus visitas, además de que cada vez que los veía se les notaba más unidos, lo que manifestaba resquemores atorados en su pecho.

El accidente de su papá les había reunido, como el festival de Viña reunió a los Dinamita Show. Tendrían que viajar las tres hermanas por cuatro o cinco horas en un bus a Santiago.

Dazai se fue de La Serena, preguntándose por cuánto tiempo tendría que soportar al idiota de su cuñado, porque es casi inevitable controlar a Eris cuando alguien no le agradaba. Raffaela tenía una sensibilidad extrema cuando se trataba de los comentarios ácidos de su hermano. Lo bueno es que, cuando llegó, supo que no iría con ellos, ya que se iría a visitar a su familia en su tierra natal, Mejillones.

Sin embargo, se suponía que viajarían esa noche, apenas regresara de La Serena, pero su cuñado, quien se comprometió con llevarlos a Ovalle, se quedó dormido, lo que resultó en que perdieran el bus. Si antes de eso no le caía bien, dicha irresponsabilidad no ayudaba mucho. En fin, su mamá les compró pasajes de nuevo y la espera persistía. Esa noche se enfureció tanto que comenzó a botar los libros de su estante, dio patadas a la nada e incluso le pegó a una pared de tal forma que se rompió.

Bueno, el viaje camino a Santiago básicamente fue un pódcast con Raffa. Le hizo un resumen intenso de su vida en el tiempo que estuvo lejos. Después del «dos por uno», tuvo muchas discusiones con su papá, pero en una última discusión le dijo la típica frase:

—Esta es mi casa y son mis reglas.

A lo que ella respondió:

—Me voy, po, ¿qué tanta cagá?

Empacó sus maletas y se las llevó rumbo a Santiago. Nadie pensó que se atrevería, pero su hermano imaginaba que lo haría algún día por su naturaleza rebelde e independiente. Su hermana tenía muy claro lo que Simone de Beauvoir decía sobre la emancipación económica como el primer paso para la liberación femenina. Se fue a trabajar con la tía Dina, quien tenía dos puestos largos que ponía en todas las ferias costumbristas que pudiera. Vendía jugos naturales, helados, frutillas bañadas en chocolate y toda clase de dulces que puedas imaginar.

Durante ese período, trabajó durísimo, decía que era un trabajo *hardcore*, porque instalarse en la feria significaba cargar muebles, cajas, refrigerador, congelador, dormir en el mismo puesto, entre tantas otras tareas que requerían de demasiada fuerza y energía.

Pese a todo ese esfuerzo, conoció una buena cantidad de localidades ubicadas en el centro sur, incluso contó que entró a la casa de La Quintrala. Estuvo en variados festivales musicales, le coqueteaban harto mientras atendía y encima ganó un poco de dinero para comprarse ropa, yerba, bajones. Se hizo un tatuaje de un león en el brazo por su signo zodiacal y un girasol en el hombro.

El exhaustivo trabajo con la tía terminó por romper su espíritu. Además, contaba que la exigencia era máxima y solo tenía diecisiete años. Dormía en el piso, orinaba en un tarro, el «descanso» consistía en fumar uno o dos cigarros por un rato y, a la vez, aguantar el genio de la tía, quien se caracterizaba por ser una mujer escorpio, gordita y de pura ambición.

Cuando se hartó de aquello, tomó un bus a Valparaíso sin avisarle a nadie. Estaba segura de que se enojarían, pero no quería hacer una escena en la que se enfadara con todos mandándoles a freír monos.

Optó por lo sano, según ella, yéndose dramáticamente en busca de esa famosa bohemia porteña que le atraía desde que tenía conocimiento de la ciudad. Allá se quedó con una amiga estudiante de cine, la Coronta, que perdía su tiempo bebiendo chelas acompañada de sus amigas la Galleta, la Lechuga y la Sandía, un grupo de camionas empinadas en pasar sus días alcoholizadas de bálticas discutiendo sobre arte y cine.

En uno de esos días de vacile indetenible, se dio la fatídica ocasión de conocer al metalero anarco que la conquistó. Resulta que después de salir de la disco, se fueron caminando a la casa. En el camino, se encontraron a este hueón tocando la guitarra, lo que provocó que la amiga Coronta le avivara la cueca para cantar, aprovechando la presencia del guitarrista. Contaba que le había dado mucha vergüenza, pero Coronta no iba a descansar de insistir hasta que accediera.

Entonces le preguntó al niño si sabía tocar «Donde estás corazón» de Shakira. Curada, solía cantar mucho mejor, así que es probable que le haya salido la cantante profesional desde su diafragma para dar la *performance* que conquistó a ese muchacho.

La música los unió. Ya que después de esa experiencia siguieron cantando clásicos, algunas de Silvio Rodríguez, otras de Spinetta o de Los Prisioneros.

Además, conversando, supo que el muchacho estudió música por un año en Buenos Aires, hasta que se aburrió y decidió mochilear por Latinoamérica. Raffaela, por su parte, también le habló de un viaje a Buenos Aires con su hermano por una competencia de danza contemporánea que ganaron. Aún está enmarcado el diario en el que salieron en la portada.

Las coincidencias entre ambos no paraban de aparecer, parecían estar «destinados a estar juntos» y, para más remate, el compañero tenía un amigo mecánico en Punitaqui quien, por coincidencia, también era amigo de su tío.

Así como la homogeneización de una buena mayonesa casera une el huevo y el aceite, estos tortolos se mezclaron y comenzaron a salir juntos en Valpo. Esos días fueron suficientes para que Raffaela terminara completamente enamorada. Con el paso del tiempo lo presentó con la familia y, finalmente, se fue a vivir con él a una casa a orillas de la playa en Tongoy. Bueno, no exactamente en Tongoy, era un poquito más lejos. Con decirles que tenía que hacer dedo para llegar a esa casa, porque la locomoción pública no llegaba al terreno.

Distanciados de la sociedad vivían como ermitaños, sin vecinos ni perros para acompañar el sonido apaciguador de las olas. Muchas horas de soledad que debió soportar. El chico trabajaba cultivando ostiones durante el día y la pequeña Raffita debía combatir esas horas por sí misma, sola, siendo atacada por sus propios pensamientos.

Si estás acostumbrado a recibir mucha atención, como era el caso de las Alvarado, una dinastía caracterizada por el espectáculo y el show, donde la vida era escenario, el solo hecho de no tener espectadores usualmente les podía soltar varios tornillos.

En poco tiempo, la depresión fue ganando terreno en su mente, sus inseguridades no paraban de aparecer con cada minuto de silencio. Además, desde su relación había subido un montón de peso ya que se la pasaba fumando y bajoneando. Ni ganas de ir a la playa le quedaban. Comenzaba a sentirse abatida por la vida, sin propósito, sin ganas.

Antes de salir del liceo, sus únicos deseos eran bailar por la vida y ni siquiera eso estaba haciendo. También tuvo que despojarse del perreo, una de las pocas cosas que la sacaban de ese bucle de tristeza. El novio detestaba el reguetón, como todo erudito de la música, así que en la casa estaba prohibido.

Tampoco tenía permitido usar su ropa preferida, ya que todos sus outfits mostraban mucha piel y al hueón no le gustaba que saliera de esa forma. Venía de una familia evangélica extremadamente conservadora, por poco debía vestirse de faldas largas y chalecos de lana.

Sin nada que hacer, despojada de identidad, decidió buscar algún pasatiempo que calmara sus ataques de pánico y ansiedad. Primero le dio por bordar en bolsas de tela muchos dibujos de hojas de marihuana, algunas rosas o palomitas de la paz. Después, cansada de la repetida actividad, se propuso leer un libro que le había prestado su hermano hace mucho tiempo y que nunca leyó, llamado *La insoportable levedad del ser* y por el título no le llamaba mucho la atención.

Sin embargo, antes de prestárselo, le comentó que estaba en su lista de los mejores libros, por lo que siguió su consejo. Pensó: «Si mi hermano dice que es bueno, debe ser bueno, po, no me va a estar mintiendo». Así que todas las tardes leía el libro.

Su hermana extrajo una interpretación adecuada de una de las temáticas en la novela y le dijo:

—Mira, hermano, el hueón te quiere decir que todos vivimos decidiendo si vivir en la levedad del ser o en el peso. ¿Qué quiere decir esto? El peso representa las responsabilidades que uno toma en la vida de forma voluntaria, porque nadie te obliga a hacer las weas, po.

»Por ejemplo, si un mino deja embarazá a una mina, él decide si quiere hacerse cargo o hacerse el hueón. Si el hueón prefiriera vivir en la levedad, se iría a la chucha y fingiría que no es suyo; pero si decide vivir en el peso, tiene que ponerse a buscar pega, comprar coche, comprar mamadera y todas las cagas.

Lo que había dicho fue un sismo que repercutió en el fondo de su ser de una forma casi celestial. Se dio cuenta de que era una persona que vivía en la absoluta levedad, porque constantemente trataba de escapar de muchas responsabilidades en su vida. El accidente de su padre era un claro ejemplo de ello, porque desde el principio actuaba como si no pasara nada, como si en su vida no ocurriera nada particularmente catastrófico.

La realidad es que vivía disfrazado de un homosexual alegre que no era afectado por las desgracias de la adultez y que no quería afrontar nada de lo que ocurriera, pero angustiado se preguntaba: «¿Cómo quieren que viva en el peso cuando el monopolio en la vida capitalista era tan sufrible?»

Todo el tiempo entraba en pánico por el futuro, le acechaban miedos al fracaso y la inmanencia. Necesitaba con desesperación las mentiras sedantes de la ley de la atracción. Le costaba asimilar que su vida había cambiado tanto, porque lo cierto es que esa mala suerte —o en buen chileno mala cuea familiar— tenía sus inicios desde antes del accidente.

Resumen de eventos desafortunados en la vida de *Los superlocos*.

Lo primero que les ocurrió fue que su papá perdió una pega rentable y segura que lograba sustentar sus vidas aparentemente cómodas de «clase media», justo cuando Dazai iba a entrar a estudiar en la universidad. Además, por su insuficiente desempeño en la PSU, tuvo que estudiar en un instituto privado y con el fin de pagar sus estudios se tomó la difícil y forzosa decisión de vender la casa. Tuvieron que mudarse a la casa de sus abuelos paternos.

La pérdida de la casa simbolizó un antes y un después, porque era su hogar de tantos años, de anécdotas, carretes, recuerdos, de alegrías y tragedias, incluso sus papás habían contraído matrimonio en esa casa. Era la tierra prometida, porque era el sueño de sus padres. Cuando se es pobre tus aspiraciones pueden ser tan humildes como ser dueño de una casa propia.

Su mamá, que venía de un pasado tan proletario, donde tuvo que trabajar desde los catorce años de nana puertas adentro, porque su familia no podía mantener a tantos hijos y su papá, que cuando era pequeño su madre lo dejó en el campo para trabajar en la ciudad. Por eso la casa era hermosa, porque era más que una casa, era un deseo cumplido. Crecieron ahí y la casa creció con ellos.

Sus papás construyeron las ampliaciones sin ayuda de nadie y la transformaron en la casa de *Los super*, esa casa que estaba a la orilla del cerro, con un balcón, unos ventanales grandes, rejas adornadas por enredaderas de rosas rojas, un árbol grande de durazno, pintada con gotelé mostaza sin terminar y un sol dibujado afuera del balcón de su expieza.

Era imposible no extrañar esa casa, por lo que esa nostalgia los acompañaba a todos lados y todo el tiempo, como una nube oscura atraída por el viento. Es más, era común que se preguntaran si alguien les habría hecho algún tipo de brujería o los tenían «trabajados» y, si así era, quién les haría semejante maldad. Si bien no se metían con nadie, nunca pasan desapercibidos y alguien siempre te está odiando en secreto.

Había tanto que asimilar que prefería vivir en la levedad, pero su hermana, impregnada de estos conceptos nuevos, decidió llevarlos a la práctica enseguida y le decía que ahora era obligación de ambos hacerse cargo de la familia y de sus emergencias. Era turno de tomar el peso y recompensar todo lo que sus padres habían dado por ellos. Por eso era deber de los dos buscar pega lo antes posible, porque las cosas en términos económicos iban a empeorar y necesitaban a todos los monos bailando.

Le escuchaba atento, pero en su interior le aterraba todo, no podía igualar esa voluntad de acero. Para ella, era tan fácil darle cara a la vida, hablaba con una soltura mientras que a él le asustaba el mundo de tantas maneras. Ni sabía cómo encontrar pega en La Serena, pero ella, en Tongoy, de la noche a la mañana ya había encontrado un empleo limpiando la playa. No le importaba lo que tenía que hacer por sobrevivir en las trincheras violentas de Chile, estaba dispuesta a trabajar hasta en la basura si era necesario para mantener su estilo de vida intacto, libre e independiente.

Su conversación fue un chape en la nuca que requería urgente, porque era tiempo de que él se pusiera las pilas. Vivir una vida libre de preocupaciones era un privilegio que solo los ricos podían disfrutar. Lo único que pudo hacer fue tomar su consejo en serio y tratar de ponerlo en práctica, algún día, tarde o temprano.

VI

Su madre siempre afectuosa aunque su ánimo se notaba agotado, como era de esperarse, aún mantenía su característica sonrisa tierna que no le abandonaba ni en sus peores momentos. A toda prisa les abrió camino entre la estampida de transeúntes, directo hacia la clínica donde tenían a su papá.

Al salir de Estación Central, tomó un taxi con la fría seguridad de una santiaguina. Caminaba rapidito y desconfiada por esas calles, de ninguna manera se permitiría actuar como provinciana. Le aterraba el riesgo de ser asaltada o que le sacaran algo sin darse cuenta. Era inevitable no sentir pena al verla de esa forma, tan cansada y agobiada, pero era obvio que tendría ese aspecto si cuando a su esposo lo trasladaron en el helicóptero no podía esperar ni un minuto.

Ese mismo día se fue a Santiago con el hermano de su marido, Antonio. Por supuesto, iba a apañar a su hombre contra viento y marea. La señora Milagros era de esas personas que ni siquiera consideran elegir entre el peso y la levedad, el peso está en la cima de sus prioridades porque su esencia es así, abnegada. No como Dazai, que siempre trataba de encontrarle un propósito a la existencia.

Para ella, el propósito era simple: estar para los que le necesitaran y punto. Vivía desde una postura práctica, porque en su infancia no había tiempo para filosofar ni cuestionar, sino que había tiempo para trabajar y sobrevivir. Por ese mismo motivo, en cualquier emergencia era la primera en ponerse viva, con la mente en el juego. Ni lloriqueos ni dramatismos.

Llegaron rápido porque la clínica no estaba muy lejos. El edificio tenía una gran altura, Dazai ni siquiera podía contar la cantidad de pisos. Un lugar ostentoso, hasta sus ascensores, los sillones bien pitucos, todo combinaba con un verdecito limón. La señora Milagros, por su parte, trataba de hablar con la enfermera para arreglar la visita.

De camino a la clínica les explicó la operación, les dijo que le habían reemplazado la parte del hueso frontal del cráneo por titanio. Pidió que no exageraran al ver la cicatriz, porque les podría asustar, consejo que aterró bastante a Dazai. Pensó: «¿Qué tan feo podía verse para darles tal advertencia?».

Al ser llamados, le entró el pánico. Es que le ponía incómodo todo lo relacionado con los hospitales, la sangre o cualquier tipo de exposición de las partes internas, le descomponían. Por eso caminó sin mirar a los lados. Se escuchaban lamentos y gritos adoloridos, según él. Cuando entraron, al segundo de que su padre los vio, se le llenaron los ojos de lágrimas.

La pequeña Kali fue la primera en acercarse emocionada. Su mamá también se conmovió con el encuentro y Dazai, por primera vez, vio a su padre llorar. Decía que desde el accidente estaba más sensible, todo le producía llanto espontáneo, de ese incontrolable. No era para menos, había vivido una experiencia «para contarla una vez», la frase que se repetían en la clínica.

El hombre de la casa, convertido en un niño, estaba delgado y se veía más arrugado de lo común. Antes del accidente ni se le notaban sus cincuenta años, pero ahora parecía una pasa blanca usando una toga. Se le sumaron como diez años encima. Además, a lo monstruo de Frankenstein, tenía unos corchetes que le rodeaban la cabeza de oreja a oreja, algo que más que dar nervio, causaba risa.

Su tía Carola, en especial, no paraba de mofarse de su nueva apariencia. La mamá de Dazai la regañaba porque el Súper siempre había sido muy vanidoso, pero era una venganza inoportuna, ya que era el rey en molestar a los demás, en especial a la familia de su señora y en tiempos de desgracia es mejor tomarse las cosas con humor. Así que los demás también aportaban con sobrenombres.

La esencia de la chilenidad se relaciona con la «talla» en los momentos menos humorísticos, como los terremotos, los treinta y tres mineros, los incendios, la corrupción, entre otras tragedias. El accidente no iba a quedar ausente, obvio, y en ese rato que estuvieron acompañándolo disfrutaron de algunas carcajadas a costa de su pobre y accidentado progenitor.

Era característico de su familia utilizar el «lingo travesti», gracias a la constante influencia cultural de Dazai en la casa. Y cuando la Raffa se puso a entablar el tema de los problemas económicos, su mamá aprovechó la instancia al tiro para huevear con su clásico favorito.

—Es que nosotros no solo somos pobres, sino que somos... —tira la cabeza para atrás— ¡POBRES!

A su papá no le gustaba mucho que sus hijos se metieran en los asuntos monetarios de los grandes. Incluso no les dejaba trabajar como los demás adolescentes del pueblo que lo hacían en cosechas, mucho menos si era la Raffaela. Eso no tenía cabida en su mente, que una mujer quisiera cumplir ese papel; aunque estuviera parapléjico o en estado vegetal ese era su rol.

La honra masculina se quedaba intachable, por más que su hermana lo persuadiera para ponerse los pantalones y ser el «hombre de la familia». Sus ganas no eran suficientes para convencerle. Sin embargo, esa niña no aceptaba un no como respuesta y proseguía con el tema:

—Papito, en serio, nosotros te ayudamos. El Dazai también se va a motivar a buscar pega, ¿o no, hermano? —este asintió con la cabeza.

—Ya, mi niña, no se preocupe por tonterías... Su hermano tiene que preocuparse por los estudios, nada más, eso es lo que me interesa.

Era difícil contradecirle en ese estado, además de que la mirada enjuiciadora de su mamá no iba a permitir que siguiera con lo suyo, por lo que, imposibilitada, rescindió de insistir. Después de un rato, su papá comenzó a charlar con otro paciente que estaba en la camilla de al lado.

Aprovecharon ese espacio para salir un rato con sus hermanas. Verle apaciguó toda la preocupación y angustia previas, finalmente sentían alivio al verle reír —aunque risas adoloridas— y que estuviera vivo, sobre todo eso. Aun así, a Dazai le era difícil no pensar en las palabras de su hermana.

En realidad, esa «pobreza» no era un chiste, era muy real. Se acomodaban y sobrevivían por las capacidades ahorrativas de su santa madre. Nunca les faltó comida y no se podía quejar, pero él era una carga pesada para sus padres, en especial, porque estudiaba en una ciudad lejana y debía pagar estadía, locomoción, comida, útiles de aseo y una lista de necesidades básicas eterna.

Su carrera básicamente les salía un ojo de la cara y lo peor era que ni trabajaba. A lo más, el año anterior había sido mesero en un restaurante, pero no aportaba mucho, ese dinero era derrochado en la bohemia borracha universitaria.

De a poco, en su cazuela mental, se identificaba con esa frase de Ginsberg: «Vi las mejores mentes de mi generación destruidas por la locura», porque existió un tiempo en el que se sintió el niño con el futuro más prometedor, el niño más talentoso, el futuro artista, cantante o poeta.

Por el contrario, ahora se veía a sí mismo solo como un estudiante fracasado que ni siquiera pudo entrar a una universidad estatal o ganarse alguna beca de gratuidad, sin dinero, que en algunos días hasta pasaba hambre y que no se sacrificaba por nada ni por nadie. Definitivamente, estaba siendo arrastrado por la pereza hacia la locura y no hacía nada al respecto.

Al término del horario de visitas, su tía les invitó a almorzar a un restaurante que se veía bonito. Llegó tomándole fotos para que se notara en las redes sociales que podía costearse esos gustos. A Dazai le pedía seguido que le ayudara, porque las demás no se darían el tiempo de huevear por unas fotos y era de tener mucha voluntad con la gente.

A su tía le encantaba tener a su sobrino gay, porque era como tener un amigo gay y era su clase favorita de amigos. Era comprensible su fanatismo, en todo caso, a fin de cuentas, la comunidad gay cis veneraba a mujeres como su tía: divas empoderadas y de buen aspecto físico. Se imaginaba que todos los huecos que se había cruzado en su camino la llenaban de halagos, adulaciones y ovaciones.

Ella esperaba tener la misma dinámica con su sobrino, pero él no era fan de ese tipo de divas. En ese entonces repudiaba a la gente consumista, materialista o superficial. Sus divas eran escritoras, directoras, compositoras, activistas, personas que a sus ojos hacían el bien, contribuían con arte y buenas acciones en este planeta cruel y absurdo.

Su tía, en cambio, hacía cosas solo por ella misma, ni de sus propias hijas se preocupaba y sé que es una opinión oprobiosa de decir, pero sus negligencias parentales dejaban mucho que desear. Su mamá y su abuela se lo reprochaban de todas las maneras posibles, pero no tenía caso: estaba estancada en sus delirios de juventud, encerrada en un incesante síndrome de Peter Pan.

Con su tía hablaba de moda, se reían de chistes clasistas y ella le contaba todos sus problemas con los hombres porque, al igual que a él, tenía pésima suerte en el amor. Primero estuvo con el padre de sus dos primas, Natalia y Belén, a quien conoció de adolescente, ilusa y cegada por la oportunidad de dejar su empobrecido hogar. Estaba chata de la pobreza y Marcos tenía mucho que ofrecer en términos monetarios.

En pocas palabras, se fue con un *sugar daddy* —¿y para qué nos vamos a leer la suerte entre gitanos?—, el sueño de muchas y muchos. Lo único malo es que hay un precio que pagar y es entregarte a ese hombre mayor, que puede que sea guapo o no, ahí está el desafío, supongo. Una cárcel de oro, pero por muy de oro que sea sigue siendo cárcel.

La belleza de su tía atraía la mirada de muchos y, sumado con las inseguridades de ese caballero, la relación ligerito se fue volviendo tormentosa. La brecha entre toxicidad y maltrato es bastante estrecha. Por mucho tiempo, abusó de ella de forma verbal y física, además de que la mantenía confinada en Arica, alejada de su familia, sin amigos. Lo bueno es que el tiempo es el mejor remedio, se separó y lo demandó, con ese dinero se pagó los estudios de gastronomía. Después de humillaciones y sufrimientos, obtuvo un final feliz que tanto merecía.

Lamentablemente, esta vida es bien cíclica y era su turno de ser la *sugar mommy* de alguien. A sus treinta y ocho años se puso a pololear con Miguel, un *DJ* estudiante de pedagogía en educación física, guapísimo, de gran altura, de esos que tienen pinta de pichulón y rubio de ojos azules, el sueño de toda mujer siútica.

No le importaba si tenía que ayudarle a pagar sus estudios, ni que fuera un pésimo *DJ* o que se gastara el dinero en alcohol y mota. Nada de eso le molestaba, estaba enamorada del ser que le devolvió la confianza y eso que ni lo necesitaba. A su edad mantenía su belleza intacta, era incaduible su atractivo, pero estaba, como dicen las señoras, empotá.

Terminaban, volvían, se enojaban, terminaban de nuevo y así se la pasaban. A ella le hacía bien estar en Santiago, eran motivos para alejarse de él, aunque estaba pendiente del celular y no paraba de contar sus problemas durante el almuerzo. A la mamá de Dazai le estresaba un poco escucharla, porque eran demasiados dramas que tragar.

Además, a Milagros le surgían unas ganas de preguntarle por qué Natalia ya no le hablaba o por qué no llevaba a Belén al hospital por ese problema en su brazo. Lo bueno es que su tía se dio cuenta de que esas preguntas estaban en la punta de la erupción y cambió de tema.

Dazai reflexionaba en silencio: «La vida funciona de acuerdo a una red de causas y efectos cuyo resultado es una estructura racional del universo», trataba de obtener sabiduría del estoicismo. Sin embargo, se preguntaba si era necesario adaptarse a esa verdad, a que la vida es improvisada, porque desde que cumplió la mayoría de edad no dejaba de ser golpeado por esa cruda verdad, que no tenía control de su destino, ni de él ni de nadie.

Pensaba que su vida y la de su familia podrían seguir empeorando y no sabía cómo detener la caída de los dominós. ¿Qué otra cosa les podía pasar? Seguro que Zenón de Citio no sabría calmar las inquietudes de un divo chileno que se hunde sin salvavidas en un lago de autolástima. Se compró una cajetilla antes de entrar, solo de ansias y nervios. No era un fumador regular, pero la situación lo ameritaba.

Volvieron a la clínica y su tía estaba engachá de su brazo. De repente, pasó un enfermero de ojos claritos, bien pintoso. Por un instante, sus miradas se cruzaron fugazmente y su tía enseguida le dice:

—¿Cachaste cómo te miró ese tipo? —le peñizcaba.

—Naaa… O sea, sí, pero na.

No quiso creerlo porque, de adolescente, estaba convencido de ser feo y que una persona guapa nunca se fijaría en él. La costumbre de ser rechazado lo envolvió en un caparazón defensivo, pero su tía no detenía sus ganas de actuar de cupido. Le desafiaba a seducir, a activar las tácticas seductoras de geminiano o por lo menos su pestañeo.

La solución para callarla fue revisar en Grindr, porque cuando se es huequereque, no solo se debe cerciorar de si es que le gustas a alguien, también debes confirmar su sexualidad. Escaneó los perfiles cercanos y nada, ni un indicio de aquel casanova. No portaba los estereotipos necesarios para catalogarlo de gay, no podía ser posible que le estuviera mirando. A lo mejor miraba a su tía y se estaba haciendo la desentendida.

La llegada a la sala de espera fue mucho más larga de lo anticipado. Acompañó a su tía al baño; la clínica mareaba entre tanto laberinto de pasillos y ascensores. Cansados de tanto caminar, entraron a ese lugar y en lo primero que Dazai se fijó fue que el joven que supuestamente le había coqueteado se encontraba en medio de todos esos visitantes.

Se encontraba sentado con las piernas abiertas, con una mirada propia de un galán que está consciente de su atractivo y su vestuario traslucía un cuerpo esbelto. Era suficiente decir que su apariencia le distrajo de todos sus problemas. Ponía su mayor esfuerzo para evitar ojearlo, observaba a las personas presentes alrededor, disimulando la obsesión por el nuevo sujeto.

Se quedarían ahí sentados por un tiempo. El primo más cercano de su papá le estaba visitando, era un hombre de cuarenta años, de ojos caídos similares a Snoopy y su pinta de aburrido no coincidía con su personalidad chistosa. Era claro que tendrían para rato, porque el tema de conversación nunca se les terminaba.

Se ancló a esa cápsula de espera por el tiempo que pudo aguantar, luchando con su ansiedad. Después de que ya no se le ocurriera de qué hablar con su tía, agarró un puchito y salió, esperanzado de no perderse en el camino, cuando, de la nada, percibió la presencia del enfermero sexy de antes avanzando junto a él por los pasillos. Se le aceleró la cuchara con solo darse la vuelta disimuladamente y fijarse que, en efecto, era él.

Entraron al mismo ascensor. El enfermero apretó el botón, deslizando el brazo tan cerca de su rostro. El silencio desbordaba una tensión abrigada, algo picarona, pero se negaba a pensar que le estaba siguiendo. Estaba seguro de que cuando estuvieran abajo caminaría en otra dirección. Las puertas se abrieron y salió de inmediato, avanzó de prisa porque le temía a la esperanza fogosa, mientras recordaba que no llevaba consigo el encendedor.

En la salida de la clínica escuchó un cigarro encendiéndose. Se dio vuelta para descubrir que nuestro querido enfermero también había salido a fumar. Agarrándose de su actitud de perra sinvergüenza, no titubeó cuando le pidió el fuego, aunque no osó a meterle conversación porque revolvía todas sus bestias hormonales. Era casi necesario pedirle disculpas por existir a ese espécimen.

Se alejó a una distancia apropiada para contemplar las calles de la ciudad, ver los autos pasar y los personajes autóctonos de la capital. Sus ojos miraban en cualquier ángulo menos en el hombre parado a unos metros. Nunca un cigarro había sido tan largo, tanto que apresuraba sus pitadas.

Era incómoda la soledad impregnada de compañía transeúnte y bullicio automovilístico. Las bocinas apuraban las quemadas que torturaban a sus pobres pulmones. Fumar rápido le debilitaba, le empezaba a dar jaqueca en cada inhalación de humo. El malestar era tan insoportable que tiró el cigarro sin terminar, dando fin a ese encuentro.

En lugar de dirigirse directo a su familia, pasó al baño primero. Entró para lavarse la cara y es que se sentía muy mareado. De repente, empapado, le pilló por sorpresa de nuevo el personaje anterior. ¿Es que acaso no eran rollos suyos? Al parecer, quizás su presencia en el baño confirmaba lo dicho por su tía. Con un montón de toallas secó su cara mojada, mientras meditaba si era desvergonzado ir a mear a su lado.

En cámara lenta, consiguió coraje y se paró en el orinal que estaba a su lado. Detenido en posición de micción, no se escuchaba gota alguna de orina. Abrió el cierre de su pantalón y sostuvo su pene para esperar que saliera algún chorrito. El silencio les acompañaba por segunda vez, cargado de aún más tensión que antes.

Sus señales confusas hicieron inevitable que mirara hacia un lado. Una vez que sus ojos estaban en su pene, la vergüenza se esfumó. Ninguno de los dos orinaba, pero delante del otro ya no temía ser rechazado. Un aleluya se anunció al captar sus ojos puestos en los suyos, dio un paso adelante y le besó. Un calugazo lenguado embalsado de adrenalina, a escondidas y jugoso de saliva, les envolvía en calentura desvergonzada.

No les importaba ser descubiertos, sus babas se mezclaban, agarrados de sus respectivos miembros, sin pensar en las consecuencias. El respeto a lo público yacía descansando en paz en el cementerio de sus pudores. Descaradamente, Dazai se puso de rodillas al frente de su segunda cabeza y se atoraba sin detener la velocidad, meneaba incesantemente su lengua en cada centímetro.

—¿Te tinca ir a mi auto... para seguir? —le murmuró, sujetándole la mejilla.

Poseído por la lujuria, aceptó la invitación, asintiendo sumiso, ausente de reflexión o desidia. En breve, bajaba por las escaleras hacia el estacionamiento subterráneo. El impulso era más fuerte, pero su naturaleza no era tan decidida o impulsiva. De a poco, llovían dudas que le hacía hesitar ante la oportunidad de perder su tan resguardada virginidad.

¿Un hombre desconocido sería el ganador de su pureza? ¿Una prueba más de que no puede ser consistente con sus propias promesas? Se cuestionaba si era el personaje adecuado para obtener tal compensación como, a la vez, se preguntaba si volvería a aparecer la oportunidad con un hombre de tal guapura. A lo mejor era su obligación darse un gusto como ese.

Bueno, igual, otro de sus miedos del sexo anal era el inevitable dolor de la penetración y es lo que le asusta a cualquiera que quiera transitar en esa encrucijada vertiginosa. Por su cabeza pasaba un pequeño montaje de la escena traumática vivida con el gótico amanerado, pues, queriéndolo o no, su persona permanecía tatuada en él. Le aterraba recordar un dolor tan irritante que tal vez se repetiría, cuando apenas con suerte aguantaba la aguja de las inyecciones. Era turno de probar la resistencia al dolor.

Sin embargo, que le doliera no era la única de sus preocupaciones. También le inquietaba esa otra triste verdad de la sodomía: la esencia terrosa del caminito de tierra. El argumento determinista que evidencia su supuesta innaturalidad y que también, en ocasiones, valida el autorrechazo.

Atontado por el pánico, pensaba que un potencial accidente podría significar el final de su vida sexual, sería la desilusión fulminante de un orgullo homosexual cultivado por tantos años.

Era un momento decisivo, no tenía nada que perder, ni le conocía; a lo más, le dijo que era de Maipú. No tenía la intención de quedarse en Santiago, tampoco de empezar una relación, solo daba estreno a la casualidad sexual en su vida.

Entró a ese subterráneo, aperrao, dispuesto a dar un espectáculo inolvidable arriba de ese auto. El dolor dejó de importar. Iba con todo a galopar a pelo. Subió a ese auto ignorando haber visto a dos personas caminando por el estacionamiento o el hecho de que estaban en una clínica o, peor, que allí estaba hospitalizado su papá convalecido.

La rebeldía en su interior cruzó la raya y cuando te pasas de tus límites, solo queda proseguir con esa actitud. ¿Qué más le iba a hacer?

Advertencia porno:

Se centró devotamente a sacar su longaniza y meterla en su boca en cuanto antes, hirviendo en excitación, se dejó llevar por lo atraído que le parecía el maipucino. Sin previo aviso, de cara a la ventana, le tenía en cuatro con sus nalgas exhibidas, mientras se preparaba mentalmente para la estocada. Pensaba: «Vamos, Dazai, y la conchetumare».

Su falo presentaba un tamaño promedio, digno para una primera vez. El calorcito humectaba suavemente disipando la paranoia. Aquel goce producido por el agarre de sus manotas en su delgada cintura, comprobaba las altas expectativas del sexo entre hombres. No se percató de haber sufrido en la primera penetración, pero puede que la calentura le anestesiara el cuerpo. El mete y saca continuaba ininterrumpidamente, bastó su cuerpo chocando con el suyo para olvidar temores biológicos preexistentes.

El hecho es que no duró mucho, acabó en un par de minutos. Sin embargo, pensó que qué más puedes pedir en tu primera vez. Volvieron al baño en donde se limpiaron, ninguno pronunció palabra alguna al respecto, no se pidió número o red social porque era ridículo pretender que iban a tener un reencuentro.

Solo celebraba, adquirió una confianza neófita concebida por un milagro metropolitano, nunca se había sentido tan seguro de su gaydad como en aquel estacionamiento. La visión mojigata giró ciento ochenta grados, a partir de ese momento estaba a punto de acceder a todas esas ofertas de sexo con heterocuriosos que muchas veces recibió, su sonrisa irradiaba la imagen de una zorra emergente lista para el combate.

Aunque, a medida que iba subiendo por el ascensor, afrontaba el suceso en repetición, se convirtió, poco a poco, en un festejo de sabor a vergüenza que rebotaba incesante.

«¿No será mucho, Lucho?», se preguntaba. ¿Era moral o no andar revolcándose con un desconocido en un estacionamiento? Profesó ser una puritana durante tantos años y, ahora, ¿a esto la llevó la soledad? ¿Quién podría decirle si estaba bien o mal? Ahora, despojada de dignidad, deambulaba por los pasillos, preparándose para fingir total calma tras tan pecaminoso incidente.

No pudo enfrentar la mirada de su papá, se sentía sucia. Tenía la interrogante de ser un sociópata por la falta de sensibilidad, por su falta de empatía, por su falta de llanto. Ante todo, no podía creer el nivel al que había llegado, siendo tan mierda. En el camino de regreso no quiso contar lo ocurrido a la Raffa, le asustaba que una sola mirada la avergonzara, porque tenía ese poder absoluto de recordarle la clase de persona que era en el fondo.

Para ella era Eris y nunca dejaría de serlo: un villano, un personaje maquiavélico. Incluso, con esa imagen, lo describió a su pololo. Por eso, el hueón la veía desde arriba, condescendiente. Además, ellos estaban en un estilo de vida hippie anarquista. No le contó porque no se podía permitir que esa opinión empeorara. El Daniel hasta le había preguntado a la Raffa por qué su hermano era tan frío y cruel, por qué no se preocupaba tanto como los demás. A lo que ella le respondió:

—Tú no conocí a mi hermano.

VII

Apenas llegaron a Punitaqui, Raffaela corrió a los brazos de su hombre, quien la esperaba en su chocita a orillas del mar. Por ende, el deber de Dazai era quedarse en casa, alguien tenía que cuidar a Kali, ya que su mamá recién llegaría en la noche. No lo encontraba muy difícil, pues, desde que era una bebé, había sido su niñero. Ya estaba acostumbrado, a diferencia de la Raffa, que no la soportaba.

En cuanto a él, le encantaba heredar sus gustos, saberes y opiniones; llevarla al cerro y jugar con la imaginación; cantar o bailar, simular ser youtubers, etc. Casi siempre se las ingeniaba de alguna manera para mantenerla entretenida, era un talento que venía con tener un espíritu infantil.

Él a veces pensaba que la había manifestado porque, en cierto modo, antes de que fuese planeada, ya les contaba a todos sus compañeros que tendría una hermanita y se cumplió después de todo. Una hermana era lo que siempre había querido desde que la Raffa demostraba cada vez menos simpatía por él. Y es que sabía que podía ser un hermano mayor insoportable, le exigía mucho y siempre esperaba que se moldeara a su pinta.

Le decepcionaba y frustraba todas las expectativas que tenía en ella. En su interior pensaba que, si él hubiera nacido mujer, sería una versión mejorada, más disciplinada o femenina. Desde su perspectiva, creía que podría transformarla en la niña que siempre quiso ser. Ahora bien, se podría decir que lo logró, porque había sacado su personalidad tallada, gestos y actitudes. Lamentablemente, no aprendió tanto de él, sino de Eris.

Entonces, al igual que Eris, Kali se encargó de hacerle la vida insufrible a Raffa. Entre sus artimañas, como romper su ropa o esperarla con masacres de maquillaje esparcido en su cama, sacarle el perfume para bañar a la Pitufina (la perra de la casa), lo que colmó su paciencia fue el constante ninguneo.

Rafaela se había convertido en el blanco principal de la familia cuando se trataba de palabreo y la más brutal era Kali, a quien se le celebraba cada *punchline*, cada golpe hiriente que le derrotase. Mientras viajaban, también le contó a su hermano:

—Eso fue lo que me tenía chata, porque desde niña la gente me webea, siempre, toda la vida, y uno termina pensando que... —levantó la cabeza, tratando apenas de contener las lágrimas. Continuó hablando, empapada en llanto—: Una termina pensando que no vale nada, po, que salió fallada de fábrica, que es muy negra, que muy chica, que muy chillona, que muy irritante y entonces me pregunto... —una cascada de lágrimas casi no le permitía continuar hablando—. ¿Pa qué chucha nací, po, hueón?

»Más, encima de que tenían razón, po, si en ese tiempo estaba estudiando en el Galileo, po, hueón, ¡en el Galileo! Repetí dos veces, no estaba haciendo nada con mi vida. Me sentía fea, tonta, fracasada. Entonces decidí que no los quería ver más. ¿Pa qué, po? Me hacían cualquier daño, por eso con más razón me fui a trabajar con la tía Dina, pensando en que no iba a volver nunca más.

Cuando se cambiaron de la escuela municipal, producto del *bullying* que le hacían a Dazai por ser amanerado, las cosas cambiaron para Raffa. En el colegio nuevo, las niñas se unieron para aislarla del curso, la excluían de los juegos en el recreo o la sacaban de los bailes para los actos. Incluso, las madres de las niñas se habían puesto de acuerdo para que ninguna se juntara con ella por motivos socioeconómicos o porque consideraban que su hermana era «mala junta».

Le costó muchos años encontrar una amiga en ese colegio, por eso mismo se juntaba solo con hombres o con los amigos de su hermano. Con los años, cuando ya era adolescente, empezaron a salir y conocer gente de Puni. Raffaela se había hecho muy popular gracias a su carisma, pero había una niña, hija de un concejal, que se empeñó en acosarla, desde hacerse perfiles falsos para insultarla, hasta meterse en esa aplicación para mandar mensajes anónimos, donde le escribía todo lo que se le ocurría: «negra asquerosa», «pobretona», «te creí *skater*», «negra chica», etc. Incluso, en la calle, le gritaba estupideces.

Todos esos mensajes que le enviaron y el rechazo de sus compañeras se interponían en su mente cada vez que se miraba al espejo, cada vez que caminaba por un lugar rodeado de niñas, en cada decisión de comprarse una prenda de vestir. Era un virus inyectado en su mente, descomponiendo su ser y su esencia.

Neurológicamente, el rechazo puede sentirse como un dolor físico, ya que las mismas áreas cerebrales se activan cuando uno lo siente. Los psicólogos evolucionistas creen que el cerebro desarrolló un sistema de alerta para avisarnos que estamos en riesgo, por eso duele ser marginado.

Al final, el dolor es solo tu cuerpo avisando que algo anda mal. Lamentablemente, se puede revivir el dolor social más vívidamente que el físico, solo basta un recordatorio de aquel rechazo y estarás invadido por aquellos sentimientos. Es como si el cerebro volviera a ese momento. Raffa tenía muy buena memoria, por lo que no podía evitar volver siempre al pasado.

VIII

Esa mañana, después de hacer huevos revueltos, a Dazai le ofendió que su hermana pequeña no se sentara a tomar té junto a él, ya que era una tradición de la casa que desayunaran todos juntos. Ella, en cambio, se hizo una taza de cereal con leche y se fue a su pieza. Le molestaba bastante esa indiferencia, el testimonio de Raffaela deambulaba como un ánima en pena, le recordaba el poder de las palabras, de lo mucho que dañan y Kali, siendo una preadolescente, era más propensa a ser afectada.

Tras sentarse un rato a pensar, decidió preparar algo delicioso que sorprendiera a la pequeña. Entusiasmado, aseó la casa entera: trapeó, lavó platos, barrió, hizo la cama de sus padres y le pidió a su hermana que hiciera la suya. Se sentía pletórico de fuerzas, el *Lemonade* de Beyoncé al máximo volumen le ayudaba a festejar las ganas de dejar todo limpio. Finalmente, cansado de limpiar, fue a la pieza de Kali emocionado.

—Oye, ¿qué te gustaría comer? Lo que se te ocurra.

Al entrar, le invadió una rabia intensa. Vio que la habitación seguía igual de desordenada: ropa sucia en el suelo, platos de quién sabe cuántos días, las tapas de la cama amontonadas entre los peluches… mientras la perla se maquillaba ignorando lo que le había pedido. Giró la cabeza y le dio esa mirada de adolescente irritada.

—No sé, me da igual —siguió maquillándose.

—Aaah, ya. ¿Entonces unos fideos con salsa?

—Sí, me da lo mismo.

Esa forma de responderle le irritaba, pero se contenía. Eris se decía: «¿Qué se cree esta cabra chica?». Estaba intentando ser lo más agradable posible y no podía hacer algo tan simple como ser simpática. El Dazai hippie debía irse y Eris tomó las riendas en el asunto.

—¡¿Podí hacer tu cama, por favor?! Después te voy a mandar a comprar una bebida. ¡Y pobre de ti que no me hagai caso, porque llamo al toque a mi mamá pa' acusarte, porque no erí capaz ni de hacer tu cama y no me has ayudado en nada!

—¡Ay, tan pesao!

Se levantó y le cerró la puerta de golpe en la cara. Se quedó ahí parado, asimilando que no le tenía ni un poco de respeto. Le gritó furioso:

—¡Igual no má tení que hacer la cama!

Afrontaba que su hermana pequeña no solo lo veía como un hueón tonto, también lo veía como a alguien a quien no le debía respeto, que no tenía autoridad sobre ella. Todas esas veces que la regaloneó no sirvieron de nada; las veces que la acompañó a la plaza porque estaba aburrida o cuando la llevó a la piscina los días de verano, o las raras oportunidades que trabajaba y gastaba su sueldo en ella, ahora parecían no tener ningún sentido. Era menospreciado.

Se preguntó qué tan baja era su opinión de él como para hablarle de esa forma. Un mosquito de ansiedad merodeaba en su mente y le decía: «Tu hermana no te respeta, la gente no te respeta, la sociedad no te respeta, siendo gay nadie te respetará jamás».

Salió a comprar desanimado, tenía claro que no contaba con las herramientas necesarias para demostrarle autoridad a su hermana, por eso surgía una plaga de dudas comiéndole la cuesca. No poder imponer respeto era algo que tal vez le perjudicaría el día que quisiera trabajar de profesor, no proyectaba seguridad ni seriedad.

A los hombres se les respeta por la gravedad de su voz, una imponencia que ablanda al escucharse y ambienta esa rectitud. Su voz, por el contrario, fina o femenina, a veces nasal, a veces melodiosa, pero nunca severa, no servía para dar órdenes, a lo más para animar cumpleaños.

El otro factor que arruinaba su dinámica asimétrica entre hermanos era que Kali estaba completamente segura de que si le acusaba con su mamá respondería con su frase típica: «Dazai, estoy muy ocupada para esto, porfa no me des más preocupaciones».

Era obvio que no tendría tiempo para regañarle, estaba muy ocupada con todo el accidente de su papá. Sin embargo, antes de que ocurriera eso, ya tenía esta actitud de dejar en segundo plano la disciplina con sus hijos en general. No les había tocado una mamá muy estricta, más bien una ingenua, que le costaba controlar el ego de sus hijas divas. Nunca fue de poner muchas reglas, aunque, antes de que naciera Kali, tenía más energía para hacerse cargo de sus fierecillas. Dazai encontraba que su mamá no ponía todo su empeño, no tanto como con ellos, por lo menos.

Tal vez no les transformó en soldados entrenados, pero en algunas batallas de la niñez se esforzó más con ellos dos que con ella. Kali, por otro lado, no era reprendida por nadie, ni siquiera por su papá. Tenía libertad de levantarse de la mesa cuando quisiera y eso se podía deber a que sus padres querían una tercera hija por el miedo a quedar solos.

Tenían el presentimiento de que sus dos niños se irían pronto, ya que mostraban siempre mucha independencia, entonces se preguntaban si era mejor que tuvieran a uno de reserva para seguir jugando al papá y a la mamá. Por eso trataban de ganarse a Kali más que a los demás.

Dazai sabía esto y veía a su hermana como un proyecto que su mamá estaba arruinando y que debía ser arreglado. Quería ser esa influencia estricta que les hizo falta cuando crecieron, porque su yo universitario lo hubiera agradecido. Los vestigios de esa crianza relajada se notaban, porque le costaba mucho ser responsable; llevarle el ritmo a la vida adulta le era casi imposible a veces. Se exigió ese día, quería que quedara perfecto, esperaba demostrar su cariño.

A lo mejor su hermanita se pegaba el cacho, hasta en una de esas le pedía disculpas y lo único que le quedaba era el optimismo. Entonces, cuando ya casi terminaba el almuerzo, Kali se acercó para ver qué estaba cocinando y su expresión fue suficiente para que terminara el positivismo de la mañana. Le dijo:

—No quiero de eso —dijo apuntando asqueada.

—Bueno, ¿y qué vas a comer?

—No sé, dame fideos nomás.

Se fue a su pieza.

Se quedó indignadísimo ante la situación, la frustración le consumió, pero no le iba a obligar a comer. Así que en vez de calentarse la cabeza, decidió comer solo y dejó que ella misma se las arreglara para matar su hambre. Le gritó:

—¡Tení que lavar la loza!

Finalmente, ganó la levedad. Pensó que ya era momento de rendirse. Agarró su celular y se tiró en el sillón, esperando que en la noche un carrete le rescatara de sus pensamientos. Su hermana pequeña le había hecho sentir patético y ahora recién se ponía en el lugar de Raffa.

Mensaje de WhatsApp:

—¿Qué haces? —escribió Cami.

—Nada, aquí acostado cuidando a la Kali.

—¿Te tinca ir al cerro con el Sammy?

—Yapos, pero le preguntaré a la Kali si quiere ir, porque si no, no puedo.

De niños, lo que más solía hacer su papá era llevarlos al cerro, hasta por si acaso. A veces iban todos juntos a tomar tecito o, en ocasiones, eran su papá y él en busca de chaguares o salían todos los hombres de la familia a cazar liebres. A Dazai le encantaba solo por el hecho de escalar, era una sensación única andar saltando de piedra en piedra.

Le gustaba que los cerros le regalaban una libertad extraña, ese sentimiento que podía respirar tranquilo, correr hacia donde quisiera, gritar, caerse, volver a saltar. No importaba nada, nadie le estaba viendo o juzgando. En cada excursión familiar al cerro se adelantaba y se perdía por los cerros. Era su lugar favorito para ser él mismo, en donde inventaba historias, las imaginaba y allí era la tabula rasa perfecta para proyectar las imágenes de su mente.

Lo mismo quería para su hermana y para el hijo de Cami, esas aventuras que ningún videojuego o película te harán experimentar. Amaban ir entre los dos solamente, pero también les gustaba ir con los niños, era una buena manera de despegarles de sus teléfonos. Dazai no lo esperaba, pero su hermana se motivó muchísimo al escuchar que saldrían de paseo.

Se arregló en poco tiempo y estaba visiblemente ansiosa por acompañarlos, a cada rato preguntaba si ya venían. Tristemente, para la poca paciencia de su hermana, su amiga no era una persona muy puntual, por lo que, después de un largo rato, apareció acompañada de un mininiño *skater*, con polera bien hippie, un sombrero pescador y shorts.

A Kali le gustaba mucho cuidar a Sammy, lo acompañaba y le divertía mucho estar con él, era como su hermano pequeño. Debe ser algo solitario tener hermanos tan mayores, pues es como ser hijo único. A diferencia de sus hermanos, no tuvo alguien con quien jugar para hacer coreografías, salir a correr al estero, jugar a los ninjas, nada de eso.

Ella no tuvo la misma infancia que ellos, no disfrutó de su abuela antes de que su diabetes empeorara, tampoco alcanzó a vivir mucho tiempo en la casa antes de que la vendieran, solo fue testigo de una avalancha de caos.

IX

Apenas su mamá llegó, acusó a Kali y todas las rabietas que le hizo pasar, aunque, como de costumbre, se abstuvo de reprenderla. Después de eso, solo le quedaba salir a dar una vuelta, porque ya estaba lo suficientemente estresado como para estar urgido de cualquier sustancia que lo mareara. Por suerte, su prima favorita le invitó a fumar unos caños acompañados de cervezas.

Salió en la bici lo más tranquilo, tampoco buscaba un carrete, pero quería despejarse un ratito. Además, su prima era muy buena para escuchar y eso era lo que quería: desahogarse. Encima, tenía un boletín larguísimo de acontecimientos y cahuines para farfullar.

Su prima vivía algo cerca, su casa se encontraba en la entrada de la comuna, por donde pasan todos los autos. Era un terreno grande que albergaba distintos animales de granja: caballos, patos, gallinas, cuyes, cabras y muchos perros y gatos. Ella vivía en una casa dentro del terreno, alejada de las demás casas, lo que le otorgaba la libertad de invitar gente cuando quisiera.

—¿Qué pasa, perra? —le gritó en tono de festejo.

Él esperaba a que le saliera a buscar, porque le aterraban todos sus perros.

—¡Está abierto el portón, primo, pásale nomás!

—¡Yapo, hueona, no vei que tus perros me quieren puro comer!

—Yo lo voy a buscar —una voz masculina se escuchó desde el interior de la casa.

De repente, de la casa salió Jason, el mejor amigo de su prima. Apareció vestido de manera flaite, entero marquero, *bling-bling* colgando de su cuello. Le abrió la reja y alejó a los perros. Su habitual caballerosidad campesina no cambiaba nunca. Se reía de lo asustado que se le notaba al caminar. Dazai pasó rápido para entregarle a su prima su amor en un abrazo.

Era la única prima que tenía en el pueblo, los demás (que tampoco eran muchos) estaban distribuidos en distintas ciudades del norte, lo que les unía de una forma muy especial. Además, los tres, junto a Raffaela, eran las ovejas negras de una familia adventista: Dazai, el gay; su prima, la lesbiana; y su hermana... Bueno, ella era morena.

En la adolescencia, Mandy era esa prima que los sacaba a todos los vaciles, les presentaba a toda la juventud del pueblo, le enseñaba a fumar cigarros porque hacían el ridículo fumando mal, los llevaba para la casa cuando estaban dando jugo y lloraban por amor. Cuando Dazai estaba en la universidad, su prima ya no se juntaba con todo Punitaqui, solo con unos pocos, gozaba de un trabajo estable y una vida bastante ordenada.

Le admiraba demasiado y era de las pocas personas con las que se seguía juntando en Puni, porque, desde que se había ido a La Serena, ya no le quedaban muchos amigos para salir. Menos mal que la tenía a ella, porque no le hacía muy bien la soledad y había momentos en que sentía que no tenía a nadie.

Su prima y su amigo disfrutaban mucho de su presencia. Contaba todas sus tragedias de una manera divertida, le gustaba pararse delante de ellos para hacer todo tipo de gestos y movimientos chistosos. Nunca paraba de jugar con su pelo largo o pasearse por todos lados como una *drag queen* que está luciendo *stilettos* nuevos.

Tenía una peculiar forma de vestir en esos tiempos: usaba camisas cuadrillé gigantes, cardiganes de abuelita y no podían faltar, nunca, sus botines negros bien altos para ocultar su pequeñez. Ese día incorporó mucho entusiasmo a su *outfit*, por eso constantemente modelaba. Incluso, en un rato, le pidió a Jason que le sacara fotos para subirlas a Instagram.

Después de un breve resumen de lo que ocurría en su vida, se le ocurrió contarle a su prima lo ocurrido en Santiago. No le había querido contar a nadie hasta ese momento, le daba vergüenza y le importaba mucho lo que sus cercanos pensaran de él. Para la mayoría, él era este ser de luz que no era capaz de prestar el chico en el estacionamiento subterráneo de un hospital al primer tonto buenmozo que le hiciera ojitos.

Sin embargo, todo era diferente con su prima, a ella le daba lo mismo su papá, no se hablaban desde un incidente del que hablaré más adelante, por lo que ella no juzgaría su falta de sensibilidad o empatía. Aunque primero le preguntó al Jason si le molestaba que hablara sobre sus «sutreses homosexuales», a lo que respondió:

—Vo dale nomás, hermanito.

Una vez concedida la tarima explicó todo y déjenme decirles que entre más hablaba, lo que más lamentaba era no haber perdido su virginidad con Julio. Después de un tiempo conociéndole, se imaginaba un posible evento en el que, por fin, tuviera la oportunidad, idealizado todo de una forma romántica sacada de un libro.

Dazai pensaba que no era de su gusto y no solamente porque fuera hombre, sino que tampoco se sentía tan bonito como para él. Le rodeaba una sombría inseguridad solo imaginarse estar con él, que lo viera desnudo y no ser de su agrado.

Entonces, se preguntaba cuándo se sentiría cómodo con su cuerpo, porque no le gustaba nada de sí mismo, hasta tenía la impresión de que sería inculiable para siempre, pero ese no era el foco de su tristeza, la pregunta era si encontraría el amor y si alguna vez haría el amor con alguien o siempre sería así, sexo casual y obsceno sin sentimientos.

Les describió explícitamente toda la porno que se dio en ese auto y lo mal que se sentía por haber hecho algo así.

—Ni un respeto, po, prima, soy un conchesumadre.

—¿Y qué tiene, hueón? Si se te dio la mano, se te dio nomás. Ya, deja de darle tanto color.

—Hueona, sí tení razón, además de que era el medio mino, po. ¿Cuándo en mi vida voy a comerme un hueón así de nuevo?

Después de tomar dos chelas, les dijo que no quería tomar más. La combinación de marihuana y cerveza era letal para él, le empezaba a doler la cabeza, pero Jason seguía motivado...

—¡Yapo, Dazai! Corta el webeo, si es retemprano.

—Pucha, es que no me gusta tomar cerveza. ¿No cachai que me duele la cabeza?

—Avisa antes, po hueón. ¿Te gusta el vodka negro?

—Sipo, y mucho.

Se levantó, se dirigió a su auto y del maletero hizo aparecer un vodka negro. Dazai siempre le decía a la gente esto, aunque se rieran y no le creyeran, pero lo decía con toda sinceridad: le costaba mucho decir que no. Lo veía como una debilidad severa, porque si una persona quería convencerle de algo, bastaba con insistirle un rato y ya estaba. Se metió a ese auto sabiendo que se curaría, aunque tampoco eran tan entretenidos aquellos muchachos. Aun así, eso le daba lo mismo. Al fin y al cabo, él era la fiesta y carnaval incluido.

Se asustó un poco de que no hubiera bebida para acompañarlo o que nadie más tomaría. Los demás seguirían cheleando, por lo que una posible cura se veía probable. No había más que hacerlo.

Se fueron relativamente lejos en el auto, lo suficiente como para no poder devolverse caminando. Llegaron a uno de sus lugares favoritos de Puni, la terrosa e inhóspita pampilla, donde se habían instalado en el cerro, justo en donde la gente tradicionalmente monta sus carpas, toldos y reúne a la familia para celebrar durante varios días ese orgullo de ser alcohólicos hedonistas. Y ahí estaban, siendo guachacas.

Se distrajo como polilla en las estrellas. En los días de pampilla, se utilizaba esa vista como gradas para ver a los artistas invitados. Ahora, las estrellas ocupaban ese escenario principal y a cada rato se servía vodka porque le agarraba el gusto a su dulzor. Recordó una escena en ese mismo lugar: sus rodillas en el suelo y unas manos en su cabeza.

Tenía diecisiete años cuando se juntaba con un *sugar*, un rubio anticuado de 27 años, con una educación y comportamiento parecidos a los de una vieja cuica conservadora. Unos *stickers* de caballos y las rancheras gobernaban la radio; Dazai se preguntaba si era posible que a un homosexual le gustase ese tipo de música.

Bueno, no se podía quejar. El hombre había comprado todo: si quería cigarros, cigarros le compraba; si quería maní japonés, maní japonés le compraba. Coincidentemente, también le pidió vodka ese día.

La conversación era algo dispareja. Él sentía que el hueón le hablaba mucho como si fuera el dueño de la verdad, porque le veía como un niño pequeño y, a lo mejor, según él, debía escuchar y aprender. Sin embargo, Dazai era pendejo y conflictivo, dispuesto siempre a expresar su opinión y también creía ser dueño de la verdad, por lo que le debatía absolutamente todo lo que su acompañante le afirmaba sobre los caminos del pasaje homosexual. Después de mucha pelea, el alcohol tomó el control de sus decisiones.

El rostro del hombre era como el de un hijo consentido de algún empresario. Además, en la oscuridad no le notaban esas imperfecciones que le hacían disgustarle. Esbelto y con una postura firme, ingredientes exactos para ponerse coqueto, dar esa mirada de puta inocente que a muchos activa. Si somos francos, sus besos no satisfacían completamente su sed por un hombre viril, pero al sentir su paquete en la mano, no tuvo más opción que agacharse.

Olvidó su rostro, su forma irritante de hablar, sus consejos y los caballos en su vehículo, solo estaba su pene y él dándole cara. Al término de la conferencia, quiso seguir conversando, aparte de tratarle tiernamente como su pololo, lo que a él le pareció prácticamente una falta de respeto. No sé si fue en ese momento o quizás otro, pero era un claro vestigio de su futura costumbre de no querer saber nada de sus parejas sexuales, de no interactuar ni intimar mucho. Le pidió de golpe que le llevara a su casa.

En el camino, el hombre se veía bastante ilusionado, trataba de entablar más puntos de vista, también planeaba encuentros venideros, pero lo único que le importaba a Dazai era llegar a casa. No lo vio mucho después de eso, solo un par de veces en carretes o juntas de amigos en común. Incluso una vez se lo encontró trabajando en una disco fleta en La Serena.

—¿Qué te pasó que andái tan piola?

Uno de los amigos de su prima le gritó sentado en el auto. Se volteó picoroco hacia ellos, les sonrió y, a galopes de yegua atrevida, se dirigió a presentarles un *twerking* para animar la junta. Sabía que su único objetivo era eso: divertirles. Le gustaba sus miradas de perversos y era reconfortante vivir en un pueblo donde se podía juntar con una tropa de heteros que no se enfurecían al ver una mariposa actuar de lo más rimbombante posible. Según Dazai, era una buena época para ser gay en Chile. Bueno, tal vez en Punitaqui, pero había que aprovechar la instancia y sacar las plumas a relucir.

Lo inevitable ocurrió y se curó raja. Una botella entera de vodka bastaba para que un cuerpecito pequeño como el suyo aguantara. El amigo Jason fue a dejar a todos; a Dazai y a su prima de los últimos, porque había dejado su bici en la casa de ella. Apenas podía caminar sin tambalearse, menos iba a poder manejar la bicicleta. El amigo le insistía en llevarlo a su casa, pero era bien obstinado y se quiso ir en la bici, ignorando su estado inoperante.

De ninguna forma iba a dejar esa bici en casa de su prima y no porque le diera miedo que la robaran o se perdiera, pero era de la Kali y manso penqueo le tocaría si no llegaba con el velocípedo que sus papás a duras penas le prestaban. Entonces se fue lentísimo, zigzagueando hacia su casa. Lo que en la tarde-noche le parecía una distancia corta, ahora en la madrugada parecían kilómetros y kilómetros.

Cuando al fin escuchó los estruendosos ladridos de los perros de su casa, pudo estar tranquilo y bajarse de la bici. Mientras abría el portón, ensordecido por la bulla canina, escuchó de pronto una bocina que lo despabiló como un *flash*. Era el sonido de un vaticinio. Sabía de dónde venía ese sonido y tenía la intuición de que esa bocina sonaría, pero no estaba totalmente seguro. Así que fue grato saber que sus presagios eran los correctos. En la calle del frente, se asomaba el rostro del automóvil invitándole con la mirada:

—Oye, ¿querí ir pa mi casa?

Tentado por saber hasta dónde llegaban los límites de la curiosidad, respondió:

—Déjame entrar la bici y te apaño.

Se arrepintió en cuanto se subió. El arranque del auto se había multiplicado por mil en su cabeza, como darse cabezazos por cientos de bongs. No creía estar preparado en lo absoluto para cualquier desventura que ocurriera al llegar a esa casa, ni siquiera sabía dónde estaba.

Pero no había vuelta atrás. Ya estaba sentado en su sillón, recibiendo un caño enrollado con la malicia de alguien que te quiere ver al borde de la pálida. Ni recordaba lo que hablaron, solo escuchó en repetición: «¡Fuma, fuma mierda!», con el tono hipermasculino de un mandato que lo dejaba atrapado, como cuando te gritan «mira pa'delante, ahueonao», dicho con la fuerza del «ahueonao» implícito en cada palabra.

Se percató de su intención truculenta, pero estaba hipnotizado por esa caricatura de macho recio. Ese sentimiento de miedo y placer lo había reducido a sus órdenes, golpeado por una fuerza que no sabía cómo manejar.

—Oye, Dazai, ¿me chupái el pico?

Sonrió embobado y completamente drogado, una reacción consecuente con lo que sus neuronas podían procesar. Jason, inocente o ignorante, con su mirada intachable, libre de vergüenza, continuó:

—Yapo, ¿qué me decí?

Lo habitual era que cualquiera de sus amigos tuviera acción nocturna. Eso era común. Sin embargo, a él nunca le pasaba, aunque lo esperase casi siempre que saliera. Entonces, pensó que esta vez sería su turno.

—Bueno, ya.

—¿Legal? —preguntó, con ojos que buscaban encontrar una grata sorpresa.

—Sipo.

—Ya... pero vo piola, sipo.

Esa frase le encrespó cada bello de mal genio en él. Le puso una cara de *bitch, please*, porque estaba más que claro que el encuentro debía ser clandestino. ¿Qué se creía el hueón? Si tampoco iba a andar por Punitaqui, orgulloso, contando que le chupó el pico a tal huaso flaite. Ese no era su estilo. Si iba a presumir a un hombre, no sería exactamente a él y no porque estuviera feo ni nada, sino por su reputación de retrógrada machista inculto.

—¡Obvio que me voy a quedar piola!

Procedieron a ponerse cómodos en su pieza. Él, de a poco, se desabrochaba, inseguro de lo que estaba haciendo. No tenía claridad sobre lo que ocurría, pero los tragos lo alentaron y por algo estaba allí. Se agachó, esperando ser bendecido por sus bebés. Le tentaban las negras pupilas de un joven depravado. El rostro de Jason se negaba a representar cualquier tipo de vulnerabilidad o humanidad. No sonreía y mientras sacaba su lonja, lo hacía como cuando el carnicero te pasa un chorizo: un mero trámite.

Los ojitos al cielo no recibían la atención que anhelaban. Enraizó una mata de sus chascas para llenar toda cavidad en su hocico. No esperaba un beso o un abrazo, pero tampoco esa agresividad. Ahora entendía a las actrices porno: soportar ser convertido en una muñeca inflable viviente que no opina, no respira, no se queja.

Una parte de Dazai quería reclamar dignidad, pero se sometió a ese trato porque una pequeña visión futura recalcaba que, al parecer, a todos les gustaba así. Tal vez era la práctica de un deporte al cual debía acostumbrarse: el de no ser correspondido, de buscar migajas, de comer las raspas del patriarcado.

Literalmente, el hombre le dejaba sin aire, asfixiándole con un tronco largo y grueso. «Ya no quiero más», pensó, «esto ya no es rico ni excitante».

Lo único que sostenía sus rodillas contra el piso era aquella maldita voz de macho que decía: «Lo chupái rico, weón». Era un intensivo bastante nefasto, pero que servía. Después de un rato, aburrido de ser asfixiado, se cuestionó si podía con todo, si era capaz de darle una rosca no tan estrenada. Pese a ser un sodomita primerizo, ya era momento. Quería renunciar al heladero, así que se levantó y travieso le dijo:

—¿Me lo querí meter?

Ahora, ese inexpresivo rostro por fin mostró alguna emoción. Se enderezó, le agarró de la cintura para posarle en una investidura canina y sin saliva ni lubricante trató de insertar una manzana en el ojo de una aguja. ¡Fue brutal, chiquillos! Ante ese terrible combo, fue expulsado a través de la cama hasta caer de mandíbula al suelo, desnudo, desparramado en la alfombra, despojado de toda dignidad, mientras el hueón se reía a carcajadas. El irritable dolor que muchos le habían advertido, que muchos le habían preguntado, ahora se manifestaba y era terrible. Apenas podía sostenerse sobre sus piernas. Era lo más parecido a parir en reversa.

Escapó al baño, encubriendo la ignominia tortuosa. Frente al espejo, atendía una contrición emergente: «Tal vez ser gay no sea la mejor opción. ¿Será este mi castigo divino después de lo que pasó en Santiago?».

El arrepentimiento aumentaba al ver la mancha carmesí impregnada en el papel que usó para limpiarse. No podía creer que estaba sangrando. Concluyó en ese momento que «nunca más prestaría el chico» y agarró todas sus pilchas para salir lo más rápido posible.

Diálogo interno: «¿Cómo tan bruto el desgraciado?»

Al despertar, la irritación le recordó aquella experiencia traumática. No quería ser visto por nadie en la casa. Era una sensación de vergüenza impregnada en su comportamiento, en el caminar, en su postura. Una vez, la mamá de una amiga le había dicho:

—Yo sé altiro cuando un niño es mariconcito, porque me doy cuenta con la pura caminá.

Entonces se preguntaba si toda la gente tenía esa habilidad mágica de diferenciar la forma de caminar de los gais, al mismo tiempo que trataba de comprender la lógica en su teoría. ¿Era porque meneaban mucho la cola o porque el culo se hundía? ¿Se notaba mucho el dolor del día siguiente? ¿Realmente se le quedaba la patita atrás? Tantas interrogantes y pocas respuestas.

Se negaba a enfrentarse al mundo, mucho menos en la casa de su abuela porque en esa casa pasaba todo Punitaqui: los autos, perros, caballos y burros. Según su criterio, todos tenían ese poder de identificar a un gay recién perforado, por lo tanto, era imposible que saliera de los confines de su pieza ese día.

Encerrado en la cama, reflexionaba si volvería a hacer algo parecido, si podría resistir ese tipo de dolor. Siempre había sido delicado, suavecito y alaraco. La herida más pequeña le podía hacer llorar con pataleo incluido. Entonces, ¿de qué forma se iba a desenvolver siendo pasivo?

Con el dolor en sus posaderas, veía cada vez más difícil optar por ese camino. Pero ser hetero no era una opción, o sea, ¿cómo lo haría?, ¿qué haría?, ¿con quién lo haría? Definitivamente no le excitaban las mujeres. Había visto incontables pechos y vaginas en su vida, pero nada reaccionaba en la zona pélvica.

Reconocía una sola opción restante, aunque tampoco sabía cómo lo haría, qué haría o con quién lo haría, pero se había decidido a serlo y era la última carta. Esa carta era empezar a ser activo, decir adiós a los heterocuriosos y gais masculinos, abrir una etapa de exploración.

Gastó el día revolviendo un charquicán mental sobre su vida sentimental, bueno, más bien sexual, mientras su mamá estaba al borde del colapso, preocupada por su papá, por el futuro y su salud. No la vio en todo el día hasta cuando tenía que irse de vuelta a La Serena.

A veces sentía que ella también se cuestionaba si estaba preocupado. Lo podía ver en sus ojos, en su forma de hablarle, le demostraba que no estaba segura de su sensibilidad ante el asunto, pero en lo más profundo de su corazón sí lo estaba. Lo único que quería era demostrarlo, solo que no podía o no sabía cómo.

Se fue en el camino escuchando la música más deprimente que pudiera existir. Se concentraba desesperadamente para que salieran lágrimas, anhelaba tanto romperse a llorar, incluso quedarse dormido con los ojos mojados. Llorar por su papá, llorar por la vida, llorar por la maldición, llorar por el dolor, por lo que fuera que diera fin a la sensación de inhumanidad. Pero apenas salieron unas fingidas gotitas.

Entró a la residencial apagado y no sabía si tendría energía para juntarse con sus amigos, ni siquiera si sería capaz de hablar una palabra con su compañero de cuarto. Quería llorar y no sabía cómo.

De prisa, caminó directo a su cama. No sacó la ropa de la maleta, no se puso pijama, no estudió ni hizo tareas. Se acostó con los audífonos amarrados, escuchando música depresiva, ya que dormir sería el último remedio. Lamentablemente, los cabros tenían prohibido verle tranquilo. De golpe, Alan abrió la puerta con todas sus fuerzas y dijo con voz de James Bond:

—¿Qué está pasando aquí?

Encandilado, tapándose los ojos, le miró. Venía junto a Olguita, el chico Lannister, Julio y Luna. Habían comprado copete y marihuana, y al enterarse de que había llegado fueron de inmediato a sacarlo a la fuerza. Ni siquiera el decirles que estaba triste había funcionado para que le dejaran ahogarse en la pena, si a lo que vacile respectaba eran implacables.

Como de costumbre, fueron a tomar a la plaza favorita que, irónicamente, en su caso, resultaba llamarse Mundo feliz, nombre no tan apropiado, quizás, para alguien que es voluntario a la tristeza. Desde que vivían en esa residencial, frecuentaban esa plazoleta hermosa, podía ser para tomar o para fumar, hasta incluso tenía una cancha de cemento en la que hacían ejercicio o jugaban deportes.

Era una cápsula natural perfecta para no sentirse tan en ciudad. Todo era verdecito y colorido, muchas casas antiguas de estilo colonial de distintos colores adornaban la cuadra entera, árboles grandes y máquinas para hacer ejercicio.

Según su perspectiva, el nombre Mundo feliz venía por la manada de hombres musculosos que asistían a menudo a hacer calistenia. Era casi un paraíso para un gay. Luna no hacía esa clase de comentarios y los hombres hablaban temas de hombres. Solían reír mucho en grupo. Cada uno tenía su gracia para contar una historia, una talla, hablar de un tema. Sentía que le rodeaba gente muy inteligente que, a la vez, era cariñosa. Se expresaban constantemente con mucho amor, elogios, cariños o abrazos, y se escuchaban.

Por alguna razón, esa noche la mota les abrió a hablar de temas sensibles, sobre muerte, religión, hasta de miedos. Ahí fue cuando Dazai de pronto quiso explayarse, porque de hecho sí le tenía miedo a algo. Creía tener una seudofobia a los hombres. Claro, a todos les dio risa lo que decía al principio y Lannister replicó altiro.

—¿Qué te van a dar miedo a vo si a ti te encantan?

A lo que Dazai respondió:

—Ya, po, pero en serio, es verdad.

Los ojos de Alan fueron los primeros que demostraron interés real ante el testimonio que iba a dar, así que le habló a él:

—Ya, hablando en serio, desde hace rato me dan miedo los hombres. Desde que tengo memoria, siempre han sido los seres que me han producido algún tipo de daño o me han intimidado;

hombres me han golpeado, insultado, amenazado, humillado. Una vez, después del liceo, unos flaites me pegaron en la calle e incluso... —una extraña sensación de tristeza se apoderó de él— mi papá me ha sacado la chucha.

Ahí comenzaron las tan anheladas lágrimas que necesitaba desesperadamente. Ahora venían impredecibles, sin ser invitadas, porque no quería llorar por esa razón. Tampoco quería recordar, pero aun así continuó entre lágrimas.

—El día de mi licenciatura, por alguna razón que no recuerdo, íbamos a cenar justo antes de irnos a la ceremonia. Mientras comíamos, nos pusimos a hablar de distintos temas, cuando de repente mi papá me pregunta si me iba a cortar el pelo antes de irnos.

»Ahí me quedé pensando si estaba hablando en serio o me quería molestar, como habitualmente lo hacía. Entonces, su rostro cambió exageradamente. Con una mirada de casi odio, me dice: «¿Te estái riendo de mí, conchetumare?», sacándome la madre por primera vez en mi vida.

»En cuestión de segundos, se levantó y me pegó una patada en la cara. El golpe me dejó aturdido, a tal punto que choqué la cabeza contra la silla. Mi mamá, a toda velocidad, fue a ponerse enfrente de mí para defenderme, mientras aterrorizada, llorando, le preguntaba «Andrés, ¿qué te pasa?». Se lo repetía seguidamente.

»Yo, sin reacción alguna, caminé sin entender nada a mi pieza —no aguantó más y llorando continuó—: Cabros, mi papá me pegó una patá en la cara porque no me quise cortar el pelo... ¡¿Acaso me merecía que me pegara así?! No sabí lo humillante que fue. Nos fuimos solos con mi mamá a la licenciatura, nadie más de la familia nos acompañó.

Recordaba todo como una lluvia de malos recuerdos. Le entristecía recordar todas las veces que le tuvo miedo o las veces que le profirió frases hirientes, como la vez que le dijo: «¿Cómo no saliste más hombrecito, maricón culiao?», pensando que no lo había escuchado.

Pero sí lo escuchó y le rompió el corazón en tantos pedazos que pensó que quedaría roto por siempre. Olguita lo abrazaba y él no sabía qué pensar con tanta tristeza que le invadía en ese momento. Ni siquiera sabía cuál era exactamente el origen de esas lágrimas, si era por recordar que le pegó, porque no había llorado antes o solo lloraba avergonzado porque odiaba que le vieran llorando. El día de la patada en la cara no salió ninguna lágrima, no hubo reacción, su mente estaba vacía. Usualmente, siempre lo sobreanalizaba todo, pero ese día no sentía pena ni odio.

Cuarta parte:

Vicios y amor

X

Al transcurso de algunos meses, después de la Pascua, el Combate Naval y el Día de las Madres, su papá estaba vivo, se desviaba esa atemorizante posibilidad de perderlo. El temor proclamaba su expulsión fuera de sus vidas, finalmente a un período de alivio. La operación resultó exitosa y solo le quedaban dos meses para ser dado de alta. Claro, no todo podía ser color rosa, menos para su padre, porque las secuelas del accidente dolían y seguirían doliendo, iban a ser permanentes.

Un pacto que nunca pidió, lo que le quedaba era resignarse, aceptar un punzante dolor en la cabeza, una neuralgia crónica que le acompañaría por siempre. Desde ahora en adelante debía convivir con tener aquel pedazo de metal fijado a su frente, ahí, inerte, de cara a su cerebro, una pieza mecánica formando parte del cráneo; sentir su peso sobre el borde óseo donde se alojan sus ojos, un helado casco pegado a su frente, nada más reemplazando lo que hace poco tiempo era hueso. Aquella cabeza perseguida por la rutinaria cefalea reposaba entre inseguridades e inciertos proverbios de un futuro alejado de su atesorada vitalidad.

Dazai despertó temprano para tomar tecito con su mamá. Ella le mencionó que a su papá le diagnosticaron depresión, dijo que le había expresado a la psiquiatra querer morir, que no podía vivir así, a medias, con dolor. Pronto, la señora Milagros se iría de nuevo a visitarle, o sea, otra vez le tocaba ser niñero.

Raffaela, después de estar segura de que la salud de su papá estaría bien, partió a Mejillones con su pololo. Su mamá contaba con Dazai para cuidar de la casa, cocinar, barrer, lavar y trapear.

Él no se hacía mucho embrollo, no se esforzaba en hacer un almuerzo o desayuno perfecto. Si le gustaba, le gustaba. No le quedaba de otra y si no quería ayudar con los quehaceres, que tampoco molestase. Se preocupaba de cumplir con lo que le correspondía y después de eso se iba a la calle. Total, su hermana ya no era una niña pequeña que necesitara ser supervisada o protegida. Además, ella se alimentaba a su pinta.

Por supuesto una parte de él comprendía que una vez más se quedaba en esa mediocre postura que no ayudaba a nadie, pero ¿qué más podía hacer?, ¿retarla y discutir reiteradas veces?, ¿pegarle?, ¿pegarle como su papá le pegaba a sus hermanos menores? Era una tarea complicada el disciplinar, no veía muchas soluciones, más que relajarse y dejarle ser, aparte creía que se estaba avejentando con tanto sermón.

Ese día, después de terminar todos sus quehaceres, salió con Cami para manejar unos negocios nuevos. El consejo de su hermana seguía repercutiendo en sus grandes orejas, así que el vender marihuana se había convertido en el salvavidas de todos sus problemas económicos en La Serena.

Siempre y cuando ninguno de sus papás se enteraran, no iba a tener problemas, al menos eso pensó. Sumado a lo que ganaba dando clases particulares de inglés, finalmente tenía su propio dinero. No era necesario que estuviera molestando constantemente a su mamá para que le depositara. El dinero, por poco que fuera, de algún modo le ayudaba a tener una vida más cómoda, incluso evolucionaba.

Se alentaba a ser más osado, le daba la valentía para callejear el doble de lo que callejeaba cuando no tenía ni un peso. Es más, la confianza se extendía a sus aventuras amorosas. Había iniciado un camino de activo gracias a esa falsa confianza.

Primero, trató de conquistar a un otaku tímido estudiante de pedagogía en inglés. Le invitó a comer sushi y le hizo regalos. Comenzó a adoptar esta heteronormativa de que, si iba a conquistar a un pasivo, «el hombre debía invitar», lo haría como un hombre conquista a una fémina.

Después de unas juntas, se dio cuenta de que no tenían nada en común, muchos silencios incómodos tapados en besos.

Entonces todo concluyó un día cuando su nueva conquista se taimó por ir a buscarle a la U voladísimo, no le habló en todo el camino a la plaza, respondía cortante y esquivaba la mirada. Dazai no lo pensó dos veces y le dijo:

—¿Querí que te vaya a dejar a tu casa?

El muchacho quedó helado al hablarle tan golpeado. Lo fue a embarcar hasta su pasaje sin decir ni una palabra y cuando se dio cuenta de que su casa estaba cerca, se fue sin decir adiós. Dejar la marihuana no estaba dentro de sus planes, así que era necesario decir *sayonara*.

No se detuvo ahí, en lo absoluto. Ante ese fallido intento persistió y consiguió «pinchar», porque no alcanzó para pololear, con un muchacho pasivo. Era de baja estatura, pelo chascón y muy callado. Gracias a él conoció una generación distinta de punitaquinos parranderos. Su nombre era Miguel y eso era lo único que conocía de él. Incluso hablaba más con sus amigas, al Miguel solo le gustaba besuquearse, incluso besos de tres con sus amigas, tomar toda la noche y llegar a casa de Dazai para hacer de las suyas.

No fue con él con quien se desenvolvió como activo por primera vez, de hecho fue con un estudiante de pedagogía en música que había llegado a la residencial. Él tenía un rostro muy inexpresivo, tanto que le molestaba no saber qué pasaba por esa mente y que no había imaginado que era gay. Empezó a invitarle a fumar, se dio cuenta que cantaba y le daba tips.

Lo que fue más obvio es que le invitó a ver una película de romance gay en su pieza. Era un tímido más en esta lista, tenía ese acento ahuasado caracterizado por una zeta predominante. Una noche le encontró en Grindr y quiso que fuera a su habitación a una visita nocturna. Le daba esa impresión de que su único trabajo era complacerle, no fue a conversar, ni a hacer vida social. Además, eso calmaba sus nervios, no estaba seguro de si le iba a complacer del todo, capaz ni un poco.

Al comienzo, era incómoda cada interacción, infortunadamente no aprendió eso de ser un macho recio, no tenía ni idea cómo hablarle o tratarle. En un rato le pegó un nalgazo, pero tener una mano pequeña y delgada, tal vez no le encendería como él hubiese querido. Afrontar ese trasero era un verdadero desafío, porque el profesor de música medía un metro setenta y ocho; para un elfo como Dazai, tenía que poner todo su empeño.

También se preguntarán si fue un semental. Él chamulló de forma descarada con todos sus amigos, pero la realidad de la situación es que duró unos pobres escasos minutos. Además de complicarse mucho con tratar de insertar lo suyo ahí dentro, nunca pensó que su mala puntería le perjudicaría así.

Tuvo que pedir hasta disculpas al escuchar que le dijo: «¿Eso fue todo?». Fue vergonzoso y se cuestionó si realmente se atreviera a conquistar a más pasivos. Bueno, gracias al Miguel obtuvo harta práctica porque se quedaba mucho en su casa y era lo único que hacían.

Mientras tanto, en La Serena, habían cambiado mucho las cosas. Ya no veía seguido a la Olguita por estar ocupada con la tesis, tampoco veía mucho al Julio y no sabía por qué, pero existía una nueva confianza con su mellizo. Era extraño, porque a ratos le podía irritar exasperadamente y después quería estar echado junto a él en su pieza acariciando su abdomen toda la tarde.

En ocasiones le divertían sus comentarios absurdos y obscenos hasta que esa parte moralista en su cerebro consideraba sus chistes ofensivos o desatinados. Había días que no se despegaba de él, era agradable tener un hombre dispuesto a abrazarle en cualquier momento o lugar, hasta en público, y que regaloneaban sin tener que explicar el exceso de confianza. Hubo un tiempo que Julio también era así, pero su hermano le ganaba en la osadía, en no estar ahí con los ojos juzgones antihomoafección.

Se negaba rotundamente a sentir atracción, a que le gustase; la lista de razones constataba un largo pergamino de desventajas, partiendo por su inmadurez, su falta de conciencia social, lo burlesco y morboso, que le llamara comunista cada vez que daba una opinión, que le bajara la autoestima por hacerle sentir feo o por ponerle sobrenombres. No podía imaginarse estar juntos por nada en el mundo.

Por supuesto, Dazai era muy inconsecuente y en lo más profundo de ese corazoncito delicado sí le gustaba bastante y lo odiaba por eso mismo, odiaba no poder odiarlo, odiaba que con su hermano no pudiera ser así. Pero basta de hombres, este capítulo es sobre su cumpleaños.

Era junio, ya no estaba con ninguno de los hombres cortejados, fiel se comprometía a la soltería y a que su fiesta fuera recordable, invitaría a todos los personajes que había conocido esos últimos años. El único problema era que no tenía una casa para realizar semejante hazaña. ¿Quién sería tan perfecto y amable como para ofrecer su hogar en sacrificio para celebrar el día especial de otro ser humano? Era mucho pedir y tampoco tenía mucha confianza con sus conocidos serenenses, pedirles sus casas era mucha la patudez.

Al transcurso de las semanas ya estaba resignado a que no saldría como lo esperaba, debía conformarse con ir a Mundo feliz. También era un lugar divertido, siempre y cuando no llegaran los pacos, pero no veía más opciones. Tenía pronosticada la derrota, cargaba ese pesimismo en todos sus cumpleaños, nunca se esperanzaba de más, se decía: «Es un día como cualquiera» e incluso no le avisaba a nadie que lo estaba o que lo estaría.

Tener más años le deprimía, le desalentaba crecer y no lograr ninguna de sus metas irrealistas. Había decepcionado a Kaito y a Eris, lo único que deseaba era tener sus propias obras, convertirse en un creador, un artista joven. Sin embargo, en su computador yacían dos intentos de novelas incompletas y parecían ser imposibles de terminar.

Dudaba mucho de sus talentos literarios y tal vez nunca dejaría de hacerlo, pero creía que era importante afirmar que escribir era a lo que vino al mundo. Suplicaba a los cielos por una respuesta, saber cuál era su propósito, qué debía hacer para ser feliz. Quizás de esa forma encontraba su camino, quizás así completaba las ganas que le faltaban para existir, porque veía en su futuro demasiadas posibilidades y se preguntaba cuál de todas le harían sentir realmente completo, feliz o realizado. Muchas puertas desconocidas.

Casarse y tener hijos era una alternativa ilusa, sentía que la maldición lo prohibía y se limitaba imaginar una vida emparejado, aunque quisiera con todas las ganas del mundo casarse con el Julito, un futuro imposible en el que vivan en la misma casa, criando a sus hijos adoptados, riendo y siendo felices hasta viejitos. Un deseo de cuento de hadas, tortuoso si se lo imaginaba, saber que todos sus sueños volaban lejos de su alcance.

Desde su punto de vista, lo ideal era escribir. Quiso aprender de James Baldwin y se tomó muy a pecho lo que dice en *El proceso creativo* cuando afirma: «Quizás la principal distinción del artista es que debe cultivar activamente ese estado que la mayoría de los hombres, necesariamente, debe evitar; el estado de estar solo».

Ya fuera que escribiera una novela, cuentos, guiones, series, musicales u obras de teatro, el objetivo era pasar el resto de su vida escribiendo. Cumpliría veintiún años y aún no había escrito nada bueno, nada digno de ser expuesto. Sabía que era ridículo que, a una edad tan corta, pretendiera ser un prodigio de la literatura, pero era lo único que le importaba, que le apasionaba y le daba una razón para respirar, comer y cagar.

Creía que había una sola forma de saberlo y era a través de los ojos perfeccionistas de la profesora Cristina, la mujer más culta e inteligente que pudo conocer en la universidad, una mujer enciclopedia, elocuente y, de vez en cuando, muy graciosa. De un humor certero y astuto, despiadada en el momento de evaluar.

En esa clase le hacía sentir que para ella nada de lo que escribía era suficiente como para impresionarla, ni sus opiniones, ni sus gustos literarios, ni sus traducciones y le frustraba desesperadamente porque necesitaba su aprobación, añoraba que viera talento en él. Necesitaba escuchar de esos labios que era un buen escritor o que reconociera al menos que tenía cierto potencial.

Esa semana cumpleañera era la oportunidad de hacerlo. La evaluación que continuaba en su taller de redacción era escribir un ensayo del tema que quisieran. Una mente milenial narcisista juraría que lo hacía para complacerle a él, que tal vez ella pensó que ese nivel de libertad sería ideal para alguien creativo o que sería más fácil, ya que escribirían sobre un tema de su gusto que estuviera relacionado a sus vidas o uno que simplemente manejara al revés y al derecho. Pero era todo lo contrario, era un calvario artístico lleno de indecisión.

Sacos y sacos de ideas albergados en la bodega de un cerebro geminiano, millones de Dazais corriendo en pánico. Era un suceso histórico que había esperado por siglos estudiando, ahora saboteado por su inseguridad. Es que nunca quería escribir lo que le mandaban a escribir, evitaba a toda costa los informes y tampoco le motivaba traducir los textos que pedían los profes; estaba enfocado en escribir sus propios proyectos, seguir escribiendo novelas incompletas.

Lo consideraba aburrido, pero tenía una sola responsabilidad y esa era no echarse ramos. Desgraciadamente, con la señorita Cristina iba en picada en su asignatura, directo hacía al suicidio universitario. Gastó esa tarde anclado a la biblioteca frente a la pantalla, minucioso, escogiendo el tema correcto, uno relevante, fuera de lo común, que simbolizara una profundidad introspectiva. No solo estaba en juego una calificación corriente, era más que eso, era un duelo, una batalla versus la habilidad escritora.

Se puso a sí mismo en el acto absurdo de querer competir con titanes literarios siendo un simple mortal, quiso llegar a las alturas de Virginia Woolf, rendirle tributo a *Una habitación propia*; escalar una montaña de información como Foucault en *Vigilar y castigar* o seguir los pasos de Lemebel y hablar sobre las vivencias homofóbicas para analizar y comparar desde la perspectiva de un colipato rural.

Era lo que se esperaba de él, pero no quería ser predecible, un cliché o un estereotipo. Escribía y borraba, escribía y borraba, no había párrafo que llegara a ser completado, empobrecido, desmembrado. A veces, con los brazos cruzados, miraba al computador directo a su cara tecnológica burlesca, enfurecido, petrificado ante la falta de decisión.

Entonces sonó la campanita notificadora del descanso, un mensaje inesperado de la amiga *dealer* que preguntaba si le apañaba a fumar unos cañitos. Vivía al frente de un colegio cuico de nombre gringo en el corazón de Puertas del Mar, villa vecina de su alma mater, parecía una idea tentadora.

Se detuvo por unos segundos a reflexionar si es que se atrevería a seguir procrastinando, quedaban tan solo dos miserables días para entregar el ensayo y en esas horas no había avanzado ni media hoja. Se masticaba las uñas como un roedor, tratando de buscar una solución y, aunque todo indicaba que sería mejor quedarse a terminar el ensayo, agarró su mochila y partió directo a la perdición.

La niña *dealer* no era un personaje muy recurrente, la veía los días que el rubio Lannister le invitaba. Su vida era un misterio, pero era fácil saber que tenía mucha plata y es que siempre tenía mucho dinero para drogas y un profesor particular, eso básicamente se lo decía todo.

Para Dazai, el echarse un ramo significaba seguir encalillando a sus taitas, continuar llenando los bolsillos a una manga de empresarios, mientras se convertía en un gusano parásito de su familia. Era aterrador y desconcertante reprobar porque mucho estaba en juego.

En cambio, a la *dealer* le era indiferente, ella estaba en la olimpiada de echarse ramos. Entró a la carrera el mismo año que su compañera de arriendo, la cual ya estaba saliendo mientras ella aún cursaba las asignaturas del primer año. Dazai se solía preguntar si a su mamá le importaba, si estaba al tanto o solo no le molestaba gastar dinero, porque era sorprendente lo mucho que compraba drogas. Su mesada podía alcanzar para *trips*, pastillas, polvitos del amor, polvitos de colores, hongos y cantidades interminables de yerba.

Si te la topabas, tenía sus ojos como una asiática relajada desprendiendo un olor de cannabis en su ropa inconfundible de otros olores. Se preguntaba si es que lo único que consumía en su vida eran psicoactivos, porque era imposible que se la encontrara despabilada.

No dudaba que si hubiera tenido los mismos privilegios quizás hubiese malgastado de la misma manera, tampoco negó que tras la invitación no fue dubitativo ni por un segundo, pero veía en ella una esencia vacua. Presentía de ella que vivía por inercia en el consumo máximo, en habitar la piel de este personaje atolondrado sin rumbo y a lo mejor se reflejaba en ella.

El chico Lannister no cuestionaba ninguna de estas opiniones, no le daba mucha importancia a casi ninguna de sus críticas hacia sus conocidos, en realidad, en especial a la muchachita de las drogas. De hecho, gozaba mucho de los beneficios de su amistad y trataba de incluir a Dazai en aquel paraíso, por eso le sugirió invitarle.

Al entrar a su casa atravesó una cortina de humo espesa, ambos estaban tirados como cáscaras de plátano sobre el sillón. Se sentó en el medio agarrando la mitad de un pito que, a duras penas, le pasaba el Lannister estirándose flácido. Entre quemadas les contaba su urgencia por escribir un ensayo digno de enorgullecerle, pero pese a su entusiasmo unas carcajadas le interrumpieron.

La *dealer* se reía de algo en su celular. Se asomó levemente para comprobar qué era tan gracioso, cuando el espanto le empujó de la imagen. En esa pantalla había un hombre sin rostro, en medio de una operación, con todos sus músculos faciales expuestos. ¡Sus ojos desnudos sin pestañas, semejante a los marcianos de *Mars Attacks!*, pero era real y perturbador.

Le explicó con un acento de Tanza Varela:

—Hueón, es que cachai que me estoy acostumbrando a ver operaciones, para qué cuando sea kine pueda soportarlo. ¡Oh, mira!

Le impuso el celular en la cara. Apenas lo hizo, esquivó la pantalla, mientras ella disfrutaba risueña de todo el contenido *gore*. Dazai pensó que por lo menos era la primera vez que la veía interesada en su carrera; sin embargo, le daba vuelta en la cabeza si era correcto que le diera placer tales imágenes.

El traumático video del hombre sin rostro se acercaba mucho a cómo había sido la operación de su papá, tuvieron que retirar toda su piel de la frente para lograr tan complicada maniobra, tal vez se veía de la misma forma. ¿A sus médicos les habrá divertido ver sus tejidos? ¿Se habrán estado riendo durante el proceso? Era un camino de preguntas inquietantes.

«Cualquier persona con plata puede ser profesional», pensó, porque era bastante probable que finalizara la carrera y que terminase ejerciendo.

—¡Qué fuerte, yo no podría estudiar nada relacionado con la salud! Me da mucho nervio la sangre.

—Hermanito, le poní color —le dijo el chico Lannister—. Oye, amigo, ¿pensaste qué harás para tu cumple?

—Amigo, dudo que haga algo… Es que no se me ocurre nada.

De repente, a la *dealer* le interesó la conversación y apartó a un lado su celular.

—Oye, ¿y cuándo estái de cumple?

—El sábado, amiga.

—Perfecto, po. Oye, tu amigo Alan, ¿creí que se motive?

—Es que no sé todavía qué voy a hacer, pero yo cacho que sí. ¿Por qué?

—Haceme gancho con tu amigo, po, y yo me saco la casa.

—¿Legal? —No podía creer lo que le estaban diciendo.

—Sipo, pero tení que invitarlo.

—Aaah, ya —lo meditó por unos segundos—. Amiga, pero el Alan está pololeando, no sé si te había contado.

—¿Y qué tiene? No está muerto, po. ¿O no?

—¡Éjale!

La calentura se convirtió en milagro, al fin tenía seguridad de que habría una fiesta en su cumpleaños. La fecha exacta era el viernes, pero era mucho mejor celebrarlo un sábado. Gracias a la amiga, se acababa la preocupación del fiasco, ahora debía poner su cerebro a trabajar por ese ensayo que le esperaba enojado sin terminar. Se paró como quien se levanta de la mesa después de comer y les avisó que debía cumplir con sus deberes.

—Oye, ¿y el Alan? —Le detiene la *dealer* antes de marcharse.

—Mmm… Supongo que en la casa.

—Oye, ¿te tinca si los voy a dejar y me saco uno? Así veo un rato a tu amigo, po.

Ya no podía decir que no, después de todo le estaba haciendo un favor importantísimo. Era inevitable tener que posponer el ensayo por un tiempo más. Agarró el auto y los llevó a toda prisa a la residencial, insistiendo que su compañero se les uniera. Por supuesto, su compañero nunca le diría que no a un pito.

Los acompañó al Mundo Feliz sin dudar, ingenuo de los planes seductores de la amiga. Se la había topado un par de veces, pero era seguro que nunca le prestó mucha atención. Tampoco ella era muy sociable e incluso era desconfiada en ciertos momentos. Siempre decía odiar a los flaites con todo su ser, porque en una ocasión la asaltaron afuera de su casa y le robaron grandes cantidades de marihuana y dinero. Aunque era cosa de tiempo que se corriera la voz sobre sus tesoros cannábicos, ya que solía invitar a muchos amigos y gente a la casa.

Para sorprender al Alan llevó un *bukket*, un acordeón potente capaz de llenar de humo los pulmones. La mayoría de los muchachos estaban exaltados por fumar. Obviamente, se les sumó todo el clan azteca (les decían así por un vecino pastero de la Olguita).

Era difícil dejar afuera a uno de la manada. Claro que la cara de la *dealer* se trastornó al ver que se habían sumado todos, pero era imposible que salieran de casa desapercibidos. Estuvo en cierta forma arrinconada a compartir, porque sus ganas de conquistar al Alan le incitaban a ser más generosa de lo usual. Al único que no le quiso ofrecer fue al Augusto, pero solo porque no le cayó bien y era de esperarse, si no se hacía querer mucho el joven.

Al primero que le ofreció fue a Dazai, siendo el único que no quería, porque el ensayo le perseguía entre las sombras como el Babadook. Tras insistir mucho, tuvo que inhalar aquel aparato para no hacer esperar a los ansiosos de sus amigos. Sentía que se iba a desmayar tras la primera aspiración. Lo peor era que el humo nunca se acababa, parecía infinito. No pudo aguantar más por las ganas irritantes de toser, se rindió y se lo pasó a la Olguita para que siguiera con el resto.

Después le preguntó si le daba de nuevo, es que su amiga aguantaba mucho más. Obviamente, por su Olguita debía hacer una excepción. Miró con recelo, pero aun así aceptó. Cuando era el turno del hombre seducido, en cuestión, le dio la porción más grande. Dazai y Olga cahuinearon como viejas tomando mate. Le contaba que tenía un nuevo interés amoroso, decía que esta vez no era flaite, que era un niño dulce del campo campo, como dicen, del interior, humilde, de sueños sencillos y unos centímetros más alto que ella.

La última vez que vio al Exequiel experimentó la gota que rebasó el vaso: la sacó a carretear en el auto completamente curado y casi chocaron. Desde entonces no le había vuelto a ver, aunque suplicara y amenazara con suicidarse. Emprendió el camino de una relación sana y se sentía feliz por ella. Le contaba absolutamente todo a esa mujer y ella a él.

En ese instante también aprovechó de avisarle que ya tenía casa para el carrete. La *dealer* cada vez caía mejor, aparte había prometido que le regalaría un *bukket* o unos hongos para su cumpleaños. Realmente, era mucha la solidaridad. En un golpe de suerte inesperado, parecía que todo resultaba. Finalmente, el no tener expectativas resultó a su favor, menos el ensayo que aguardaba impaciente limándose las uñas en el escritorio al frente de su cama.

Al llegar a la casa, sacó de un chasquido su *notebook*, se lo llevó al comedor y les advirtió a todos que estaría ocupado y que ni se les ocurriera molestarle. El plan era quedarse sentado ahí hasta el amanecer, si era necesario. Nada le desatornillaría de esa silla. El tema sería un análisis sobre cómo escribe personajes femeninos Hayao Miyazaki, porque, aparentemente, entre todas las ideas presentadas era la que no le molestaba tanto, ya que era sobre algo que le gustaba a la profe y eso le daba una leve seguridad de que no le rebatiría después en sus comentarios con lapicera roja.

Pensó en hablar sobre el lenguaje inclusivo, pero ella estaba en contra, serían muchos los peros. También hubiese hablado sobre música chilena, si no le hubiera dicho que quería algo más original. No tenía más opción, debía elegir lo que le complaciera. «Todo sea por pasar el ramo», pensó.

La desventaja era que, pese a que le gustaran todas esas películas, no crujía nada interesante que decir sobre ellas, nada que no se haya dicho antes, claro. Solo recordaba que la Olguita quería comprar cocaína para su cumple, dijo que era una ocasión especial ya que, por fin, tenía veintiuno. Ahora también era mayor de edad en Estados Unidos, solo para inventar una razón. Él le decía que nunca había comprado y ella respondía que siempre había una primera vez para todo.

Recordaba cuando hubo un tiempo que decía: «Nunca le voy a hacer al jale», «la coca es pa los pacos y pa los fachos». Volvía a ese momento cuando trabajaba en un hotel junto a la Olga. No tenía energía para hacer nada, porque había llegado amanecido de un carrete en el que bebió tequila más de la cuenta y por eso se le ocurrió darle cocaína en el baño para que reviviera. Era una tabla arrepentida caminando por esos pasillos. En ese momento, entendió que sus palabras se las llevaba el viento y, entonces, juró nunca más jurar.

Estaba encapsulado en sus pensamientos, alejado de continuar lo que suponía que debía hacer. De repente, le sacan de ese espacio cognitivo cuando escucha a la Olguita llamándole desde la ventana.

—Oye, amigo, vamos a quemar en tu pieza, para que vayas.

Se creería que después de tantas veces posponiendo el ensayo, diría que no, pero...

—Déjame terminar un párrafo y le llego.

—Ya, pero hacela corta, sí, po.

Apurado, agregó algunas citas ordinarias que completarían el párrafo de introducción y salió veloz por miedo a que se fumaran todo sin él. La residencia, antes asilo de ancianos, tenía un patio rectangular parecido a una plazoleta por sus árboles grandes y gruesos. Su habitación estaba detrás de un chirimoyo enorme y su sombra le escondía. Caminaba por el hormigón escalonado, extrañado al no ver luz desde la ventana. Se preguntó si se habrían ido a fumar a la pieza del Lannister. La brisa marina serenense traía los aullidos fantasmagóricos ante una escena sacada de una película de suspenso.

«¿Estos hueones me quieren asustar?», refunfuñó, poniendo la mano en la perilla. Abrió la puerta y, en el fondo de la pieza, se encendía una velita solitaria. Esa luz cálida anaranjada iluminaba a los aztecas en las tinieblas, entonando el «Feliz cumpleaños» en un tono gradual que crecía en cuanto se acercaba. Quiso llorar con solo escuchar aquellas voces inconfundibles. Lloraba porque no se esperaba esas muestras de cariño, que se tomarían el tiempo de comprar una torta y planificarían una sorpresa.

Ni él mismo recordaba que faltaban horas para que cumpliera veintiuno y ellos, quizás, teniéndolo en cuenta todo el día. Los aztecas ahí, felices de verle feliz, emocionados daban abrazos apretados inmensos de afecto. Era un gran inicio de una nueva edad. Ya no era virgen, tenía buenos amigos, tenía casa para el carrete y, si no fuera por la maldición, también tendría un amor correspondido.

Festejaron hasta medianoche: fumaron, comieron torta, se reían de sus tallas bélicas y tomaban piscola. Si bien el ensayo no podía esperar, la diversión nuevamente usurpaba el tiempo. Intentó trabajar en él, en lo que le quedaba de noche, pero las pestañas no aguantaron su peso. Se durmió y despertó atrasado, por lo que no alcanzó a llegar a la clase de la profe Cristina. Así que había perdido la retroalimentación y, para más remate, había olvidado entregar un informe en análisis contrastivo.

Esto era tal vez un indicio del nuevo año, un vistazo de lo que sería: seguiría siendo el mismo niño irresponsable de siempre. Una vez leyó en una revista juvenil que tu verdadero año nuevo es el día en que naciste y según una mujer mística que conocía, dependiendo de cómo lo pasabas ese primer día, definiría lo que restaba del año.

Bueno, pese a que la mañana había sido un fiasco, durante el mediodía se encontró a Julio en el casino. Estaba deambulando solo por la universidad, no tenía más amigos en la carrera. Él, igual de solitario, se acercó alegre al ver una cara conocida. Al igual que Dazai, le costaba mucho hacer amigos en clases y no porque fuese tímido o antipático —aunque sí lo podía ser—, pero la razón real, según su amigo, era que no encajaba con los demás mecánicos. No era flaite, no era huaso e incluso detestaba a sus compañeros. Solía decir: «¡Huasos culiaos, me cargan! No se puede ni hablar con ellos, siempre quieren tener la razón y los flaites ni dejan hablar al profe».

Tampoco era otaku o metalero. Eso sí, tenía un aire de cuico sin serlo. Su auto bonito podía hacerle parecer así y puede que por eso se le catalogara de «zorrón». Incluso, esa fue la impresión de Dazai cuando lo vio por primera vez. Caminaba por la residencial algo arrogante, tenía gestos de galán cretino. Lo miraban con la Olga y se preguntaban: «¿Qué se cree este hueón que ni saluda?».

Si no hubiese sido por Alan, que lo introdujo al grupo, no los habría conocido ni hubieran sido amigos. Incluso, no le estaría amando como lo hacía cuando le miraba al hablarle, no estaría absorto en su persona o distraído por su olor.

Ambos habían salido de clases y, por motivos de su cumpleaños, le invitó a comer completos en un local cercano a la playa. Ser su copiloto era lo que más amaba, hasta le era suficiente de regalo. Le daba esa experiencia beatífica de estar a su lado, tal como lo estaría su futura polola. Era una llamita que se encendía entre el espacio de esos asientos.

Él leía sus ojos, sabía que le gustaba cuando aceleraba. Sus mentes intercambiaban signos que quizás solo Dazai interpretaba, pero le bastaba tenerle enfrente, escuchar Tame Impala que, inextricablemente, selló su vínculo de amistad. Podían estar encerrados en ese auto por horas, escuchando desde los parlantes atronadores el álbum *Currents*, sin aburrirse de esas mismas canciones.

Él no sabía mucho qué significaba la letra, pero siempre presentía que la canción *Love Paranoia* le unía. Lo intuía porque era la canción predilecta cada vez que se veían, cuando le visitaba en su pieza o cuando se topaban en las duchas. Se la cantaba con tal emoción que ilusamente creía que se la cantaba a él. Julio no sabía que la letra era sobre celos, sobre la paranoia en una relación y puede que Dazai estuviera paranoico.

En el auto le dedicaba esas letras sin que supiera lo que decían, sin saber que le cantaba que moría por saber qué estaba pasando entre él y la Rusia de aquella vez, porque siempre la negaba, y aunque le habló pestes de ella y él concordaba, tenía claro que cabía una posibilidad de que estuviera mintiendo.

Are you sure it was nothing?
'Cause it made me feel like dying inside
Never thought I was insecure, but it's pure
Didn't notice until I was in love for real

Si no quería confirmar su afecto por ella, se preguntaba para qué lo hacía. ¿Acaso era para confundirle? Kevin Parker dice: «No pensé que fuese inseguro, hasta que te das cuenta de que estás enamorado». Pero siempre había sido inseguro y enamorado estaba peor.

If only I could read your mind
Oh, I'd be fine
I'd be normal

«Si tan solo leyera tu mente», atacaba aquella alta nota con toda la intención y convicción de decírselo de frente. «¡Si tan solo pudiera leer tu mente!», tan solo necesitaba que se cumpliera ese deseo. Aunque le rechazara o le aceptara, pero que se acabase el calvario de sus adentros. Estaría satisfecho con su amistad, no tenía muchos amigos que le invitaran a comer completos viendo las olas del mar, mientras unos perros esperaban en la arena por unos pedacitos de pan o vienesa.

XI

Antes de que empezara la fiesta, Dazai fue a una de las reuniones de la Unión Nacional Estudiantil. Ya hacía mucho tiempo que no se presentaba por esos lares, así que debía cumplir alguna vez. Los aztecas le esperarían en la residencial para salir cuspeando a la casa de la *dealer*. Lo cierto es que había olvidado por completo las responsabilidades del activismo.

Entendía poco de lo que se hablaba en aquellas reuniones, le sorprendía cómo manejaban tanta información, dudaba que llegaría a ese nivel algún día. Y bueno, a fin de cuentas, eran estudiantes de medicina, derecho, sociología, ingeniería civil o ingeniería comercial, todos estudiaban en universidades estatales, de padres profesionales, cultos. En su caso, su mamá no había terminado ni la básica.

Todavía posaba en su memoria su primer día en el colegio particular subvencionado, porque en el municipal le hacían *bullying*. Se sentó y la profesora había anotado varios ejercicios de división. Todos concentrados en sus cuadernos y, en cambio, él miraba la pizarra y su cuaderno tratando de descifrar cómo se resolvían. Momificado por la vergüenza, rayaba garabatos en una esquina del cuaderno, solo quería pasar desapercibido o sino todos sabrían que el niño de la escuela municipal no sabía dividir.

Cuando todos terminaron, a la profesora no se le ocurrió mejor idea que el niño nuevo resolviera el primer ejercicio. Fue humillante sentirse tonto delante de todos sus compañeros nuevos, tanto como pararse enfrente de todos esos estudiantes más sofisticados e inteligentes esperando a que comentara algo tan elocuente y audaz como ellos. Se veía como un payaso, lo podía sentir en sus miradas, en sus expresiones. Bueno, también uno de los compas era el más irritado por su falta de conocimientos.

Un día le respondió una historia de Instagram diciéndole que era un hombre de opiniones majaderas. Tenía miedo de ser percibido como tonto, porque se sentía tonto; nunca podía creer cuando alguien le decía que era inteligente, porque sabía que no lo era. Ni siquiera culto era un adjetivo que se le acercara.

Salió de esa reunión en estado completo de obnubilación, sintiéndose menos que todos ellos, pensando que tal vez no lograría sus metas por torpe, por no ser suficientemente inteligente, por falta de disciplina, por ingenuidad, por carencia de bagaje cultural. Nunca llegaría a su nivel, eso pensaba y no dejaba de hacerlo. Solo las repetidas llamadas de Olga que vibraban en su banano, le aterrizaron a medida que iba bajando de la colina, recordando que tenía un cumpleaños que organizar. Bajó de ese cerro casi corriendo, hablando por teléfono, explicando lo que sintió en esa reunión.

—Ay, amigo, si tú eres seco.

Respondía sin apagar mucho el incendio propagado en esa testa. Reanalizaba cada palabra, cada frase, cada oración expresada y percibía que todo lo dicho había sido estúpido. ¿Cuál era su aporte en esa organización? ¿Para qué estaba ahí? No le necesitaban. ¿Estaba ahí para divertirlos con sus comentarios no muy bien estructurados?

Quizás le hacía falta leer más, porque se supone que su gracia era hablar en inglés, pero ellos ya sabían, así que no tenía trucos bajo la manga, a no ser que bailar tuviera un propósito en la política. Lo peor era que Jorge, uno de los compas que más le atraía, había estado ahí para presenciar su estupidez.

Podía encriptar esa condescendencia al hablarle y era tan gentil, tan cortés que ni ofendía. No le veía muy a menudo, estudiar sociología puede ocupar mucho el tiempo de una persona, por lo que aparecía esporádicamente en esas reuniones. Justo asistió el día en que se evidenció su torpeza. No le dio la personalidad de invitar a ninguno de esos personajes, quizás le vieran comportarse aún más ridículo e incluso puede que le vieran ingiriendo toda clase de sustancias.

Se emperifolló lo más rápido posible, apurado por los aztecas impacientes que esperaban ansiosos. El Caché le gritaba afuera de su pieza: «¡Apúrate, maraca!», un viejo integrante del grupo que se fue al norte a hacer su práctica y no los veía desde entonces.

Alto y de mejillas regordetas —de ahí venía el sobrenombre— se dio el tiempo de asistir al cumple de Dazai, su némesis/amigo. Era su Sasuke o su Vegeta, era con quien discutía más que con cualquiera, pero con quien más se reía. Eran un par de ateos que le debatían a todos los cristianos durante el almuerzo, eran unos odiosos, le buscaban soluciones al mundo.

A Caché le gustaba decir que pondría una bomba en un estadio atestado para disminuir la humanidad a lo Thanos, pues así salvaríamos la Tierra, o imponer la política china de un solo hijo, la idea era menguar a la población. Él estaba a favor de la pena de muerte, Dazai en contra. Dazai estaba a favor del aborto, él en contra. No siempre concordaban en todo, sin duda alguna, pero argumentar les unía hasta que los del grupo los detuvieran. Lo que se les ocurriese lo decían y peleaban álgidamente por horas buscando un ganador.

—¿Cómo estái, po, zorra culiá?

Se lo gritaba con todo el cariño que podían expresar aquellas palabras vulgares. Entre ellos había un trato especial: «feo culiao», «sapo conchetumare», «sapo culiao nuco», «hijo e' la vieja Magali», «te comí al azteca».

Simplemente se demostraban cariño con insultos de todos los existentes. Podían ser bien creativos al momento de atacarse, siempre siendo graciosos, claro, aunque Augusto era la excepción, porque los suyos eran más fijones y podían ser más ofensivos que los de la mayoría. Su intención, en comparación de lo demás, era de herir a costa de esas inseguridades que a veces ellos confesaban en momentos de vulnerabilidad. Sus insultos solían ser golpes bajos.

Dazai salió de la pieza y Augusto se burló de sus zapatos pobres, sin marca, de su trasero escondido en el pantalón, porque, siendo vegetariano, había adelgazado notoriamente. No se sabe si realmente era por dejar la carne o porque él no comía mucho, la universidad no le permitía comer en demasía. Había días que se saltaba el almuerzo o el desayuno, también prefería gastar la plata en drogas y alcohol. Es que la marihuana y el alcohol le ayudaban a aguantar el día lleno de inseguridades, miedos y ansiedades, pero esa misma inseguridad se la había resaltado Augusto.

Al baile se les unió la Luna. No era de carretear, pero decía que por Dazai había una prerrogativa, aunque también se sospechaba que era por el Alan. Se rumoreaba bastante que tenían un romance secreto. Se les veía siempre conversando, coquetos, con ojitos de enamorados en los pasillos del hogar, parecían ser una pareja de mucha química.

Sin embargo, la Luna negaba incesantemente que le gustara, ya sea porque el amigo estuviera en una relación o porque la amiga decía ser muy mayor para él, no había forma de que aceptaran reciprocidad. Pero si de algo estaba seguro Dazai era de que les había pillado meta calugazos y eso no se podía negar.

Julio llevó a su amiga rubia, lo que cambió drásticamente el ánimo de su enamorado. No dudaba que sería una noche interesante, pululaban todos los elementos que llenarían a su corazoncito malhumorado de amenidad. Y aun teniéndolo todo, no frenaban los pensamientos de odio hacia él mismo, tanto festejo por una persona corriente, sin trasero, sin inteligencia, despojado de cualquier talento, procrastinador, irresponsable, inconsecuente, inculto, jamás amado.

La escena de esa casa vibraba recibiendo irreconocibles personajes que se metían de a poco como goteras. La fiesta era mucho más grande de lo que imaginó. En un principio, les costó entrar, había mucha gente y un amigo de la *dealer* estaba en la puerta seleccionando a quién permitiría pasar. Había una multitud agarrada de la reja con la fe de tener acceso a su casa. En el caso de Dazai, creía estar seguro de que una vez que le dijera su nombre estarían adentro, pero se equivocó, ni sabía que era por su cumpleaños. Y comenzaba a dudar si realmente lo era.

Llamó reiteradas veces para que saliera a recibirlos, pero supuso que el ruido del carrete silenciaba su celular. Sus amigos sentados en una plazoleta sirviéndose copete, sus rostros decepcionados fijados en él. Se sentía avergonzado al frente de esa casa, esforzándose por entrar a una fiesta que supuestamente era por sus veintiún años. Todo pronosticaba que terminarían festejando en Mundo Feliz.

Sin embargo, su confianza en la ley de la atracción le impulsó a ser positivo. Así fue como, de repente, recordó que el chico Lannister estaba en la fiesta desde temprano. Sabía que el tierno de su amigo respondería al teléfono, así que marcó su número de inmediato.

—Oye, amigo, estamos acá afuera desde hace rato y no nos dejan entrar.

—Oh, hermanito, tranqui, yo lo arreglo.

El Lannister no se demoró nada en convencer al tipo de la entrada, por lo que los aztecas tomaron el alcohol, los vasos, los hielos y todo antes de que se colaran otras personas. Preguntó por la *dealer* para demostrar que no era solo un invitado más de la fiesta.

Aparentemente, la juerga se dividió en dos secciones: en el patio trasero estaba todo aquel que quisiera bailar y en el *living* estaban todos los que fumaban marihuana. Era obvio que ella estaría fumando porque no era de bailar, sino más de estar echada quemando.

Se abrió la puerta y vio a la amiga en cuestión, sentada en el medio de la mesa, rodeada de otros *dealers*, algunos armando pitos, otros fumando y otros demasiado volados para reaccionar. Se tardó un poco en notar que había llegado, pero una vez que lo hizo, empezó a saludar entusiasmada. Les dio unas miradas apáticas a las niñas, claro, y por lo que veía no había ninguna mujer cerca. Parecían estar prohibidas en esa zona de su casa.

En ese club de Tobby, los pitos corrían sin descanso. Los pitos corrían sin descanso, mientras Luna y la Rusia esperaban sentadas en el sillón, visiblemente incómodas. Se sentía ansioso por pasarlo bien, tomaba sorbos apurados, riéndose de las estupideces dichas por Augusto y Caché.

Alan y Lannister conocían de antes a algunos de los invitados de la anfitriona. Uno de ellos le dio su asiento a Dazai para que se acercara a ella y conversara un rato. Era extraño porque se le había olvidado por qué había organizado la fiesta, en primer lugar, o tal vez la planeó antes y solo le dijo para traer a su amigo.

No podía ser tan buena «amiga», si al final tampoco eran íntimos. Ella tenía sus ojos fijados en Alan. Sin embargo, a él se le notaba que estaba constantemente pendiente de Luna. Hasta se comportaba diferente, más tranquilo de lo común.

La charla continuaba con la *dealer*, pero distraídos por las llamas de los celos, sentados ahí, volados y fumando hasta que sus neuronas sedaran todo indicio de cólera amoroso. No tenían chances contra esas mujeres bellas.

Entre todas las carcajadas, la *dealer* recordó su promesa y le dice:

—Espérate un rato, hermano.

Salió a su pieza con la velocidad de una persona drogada. Cuando apareció, tenía sus manos escondidas en la espalda y le preguntó:

—Ya, amigo, ¿decidiste qué vas a elegir?

No pensó que la promesa fuera real.

—¿Querís el *bukket* o querís los hongos?

Decidir… algo que nunca le gustaba hacer. Le susurraron algunos por los hongos, obvio, los más eufóricos por probarlos, como el Augusto, por ejemplo. La Olga le repetía, insistente, que el *bukket* le duraría más tiempo.

—Ya probaste el hongo, ¿pa qué querí más?

No sabía bien qué decidir, todos tenían puntos válidos, pero miraba hacia el sillón, veía cómo el Julio y su amiga se reían, coqueteaban, se divertían en una escena que no le incluía. Entonces, decidió que se comería esos hongos:

—Los hongos.

—¡Buena, hermano, bacán! —decía el Augusto, emocionado.

—No, no, no, no, no, no —dijo la *dealer*, apretando los hongos contra su cuerpo—. Son solo para ti, amigo.

La cara decepcionada de Augusto no podía creerlo, cuando la *dealer* le metió los cinco hongos a la fuerza, con toda su palma, en su rostro. Ahí fue cuando el Caché reaccionó, desconcertado:

—¡Qué huea, hermana, lo querí matar!

—Na... tranqui, hermano, si no es nada.

La Olga también miraba con desconfianza tal acto. Por otro lado, Augusto seguía reclamando por qué no le daba. No se preocupó tanto porque sabía que le harían efecto más tarde, pero no podía seguir viendo la escena romántica que se estaba dando ante sus ojos, así que agarró la mano de su mejor amiga y se la llevó al patio. Mientras caminaban por el pasillo les seguía el Caché y el Alan, acompañados por Luna, cuando en la mitad del camino su amiga les detiene para decirles:

—Traje lo que había prometido.

Partieron al baño los cinco y se zafaron cuatro líneas traviesas. El Augusto esperaba afuera, tocando la puerta, preguntando qué hacían. Ellos trataban de aspirar aquellas serpientes blancas en total silencio, lo que era imposible, la verdad, porque igual les decía:

—Ya sé que están haciendo, no sean fomes.

Así que lo tuvieron que hacer pasar. El Alan, en un principio, se notaba inseguro de hacerlo, pero la mirada aprobadora de Luna decía que tenía permiso. Se comunicaban psicológicamente, además, nunca se había visto a Luna tan desinhibida. Ni siquiera salía mucho con los aztecas, porque su prioridad eran siempre sus estudios, sin embargo, esa noche soltó las riendas.

Salieron de ese baño descontrolados, solo querían bailar. Era difícil abrirse paso por toda esa multitud, pero lo lograron y se instalaron al centro de la pista. Ellos sabían exactamente el porqué, estaban conscientes de que Dazai luciría sus mejores pasos y que no había mejor lugar que el centro del escenario para demostrar esos dotes danzarines que Dios le dio.

Meneaba su cadera en todas las direcciones, rebotaba el minitrasero de arriba hacia abajo en máxima velocidad, estiraba su espalda hacia atrás, se contorsionaba de todas las formas, hasta dar el toque final, a lo que le llamaba «el shangelaso», que en realidad es conocido como *death drop* o *dip* y en su paso, que consiste básicamente en tirarse al piso como si dejaran todo tu cuerpo sobre sus piernas (no apto para hombres con testículos sensibles).

Dejaba ese paso al final de la canción porque la gente quedaba en *shock* al verlo, se impresionaban tanto que le vitoreaban sin parar durante el tiempo que bailaba. Después de eso, todos veían que tenía el potencial para incendiar el mambo con sus pasos.

En el transcurso de la noche seguía bebiendo, fumando y jalando, aún no sentía el efecto de los hongos y hasta había olvidado haberlos comido. Se paseaba por esa casa saludando y bailándole a un montón de desconocidos, inyectado de esa alegría prometida, finalmente concretada. No le interesaba el paradero del Julio ni de su acompañante, tampoco recordaba su autoodio, sus inseguridades, los pensamientos suicidas, la pobreza, a sus padres, solo escuchaba:

«Si el momento se dio, aprovéchalo. Disfrútalo y apaga el fuego».

Amaba drogarse, tanto que a veces le asustaba, pero no lo suficiente como para identificarlo como un problema. Salió a fumar un cigarro que le pidió a una desconocida parada en frente de la reja. Ella, solitaria, preguntó su nombre, carrera, localidad de origen, una pesquisa no muy detallada de ambos.

Encendió el cilindro con nicotina y reveló que no se sentía muy bien, realmente. Se descompuso al solo inhalar ese humo. Le pidió a la muchacha que le sujetara por un rato, pero no fue suficiente. Sus ojos le fallaban.

De repente, no era solo debilidad, no podía ver. Sabía que tenía los ojos abiertos, lo podía sentir, pero solo había oscuridad, todo era negro a su alrededor. Asustado le decía a esa niña que no podía ver, mientras ella no tenía idea de qué hacer o a quién llamar o si es que era verdad. Caminó como pudo, sosteniéndose de la pared, hasta llegar a la puerta que daba al *living*, en donde había un grupo pequeño perreando.

Eris: ¡Todo esto es tu culpa, hippie de mierda! Si estuviera a cargo, no dejaría que nadie le obligara a hacer ni una huea.

Dazai hippie: Tranqui, tranqui, hermana, si lo está pasando rebien. Son gajes del webeo, no más.

Kaito: ¿Y si se muere?

Hippie: Naaa... ¿Cómo se va a morir?

Eris: Por una sobredosis, ponte tú.

Hippie: Ya, no se preocupen, si va a despertar.

Al recuperar la vista, estaba en el suelo. Se encontró con dos rostros familiares preocupados, preguntando cómo estaba. Por un lado, Alan le tocaba levemente el rostro para cerciorarse de despertarle, mientras que en el otro estaban esos ojos celestes exaltados sin la rubia a su lado. Era extraño porque no entendía cómo había llegado a parar en el suelo, rodeado de gente escandalizada por un presunto desmayo.

En esos segundos, perdió el sentido del tiempo y la ubicación. Ellos le explicaron que caminó a duras penas, era un zombi hasta la puerta y ahí fue cuando se desplomó como un saco de papas sobre la cerámica. Tampoco entendía cómo no estaba adolorido en ese piso frío y duro. Los dos lo llevaron a la pieza de la *dealer*, donde, para su sorpresa, solo estaban durmiendo, pues ambos se habían emborrachado antes que los demás. Se quedó ahí por un rato, procesando lo recién vivido.

«¿Qué diría mi madre?», pensó. «¿Qué diría un Dazai de catorce cuando le prometía a su abuelita que nunca se drogaría como todos sus primos? ¿Cómo voy a escribir bien si sigo asesinando mis neuronas? ¿Qué dirá un Dazai del futuro cuando duelan las repercusiones de sus malas decisiones?».

No podía continuar pensando, así que regresó a la pista como si nada. Alan, pegadito a su amiga especial, era el más sorprendido al verle de vuelta, porque juraba que dormiría ahí hasta que finalizara la fiesta. ¡Qué equivocado estaba! Se levantó entre las cenizas para volver a su zona de confort. Se serpenteó en el medio de Olguita, que bailaba con Julito, mientras Caché dormía en el sillón. Eran unos pocos bailando en ese metro cuadrado estrecho, gritando a todo pulmón:

—¡Ella es callaíta!

La emoción era tanta que, sin darse cuenta, Luna y Alan se besaban sin miedo bajo las luces parpadeantes. Olga y Dazai reían con la mirada. En cambio, Julio no tenía ni la más remota idea de que ocurría algo entre ellos dos. Se fueron riendo todo el camino y en el Mundo Feliz notaron que, desafortunadamente, habían dejado el copete en la casa de la *dealer*, así que decidieron dormir en los vehículos. En la camioneta iban Dazai, Augusto, Olga y los tortolos, besuqueándose todo lo que quedó de la noche; en el auto dormían Julio, su amiga y Caché.

A Dazai le costaba mucho dormir, tal vez era la coca que le mantenía activo, pero, dentro de todo, sentía que ya no odiaba a esa niña. Era estúpido culparla a ella por no ser correspondido. Era una batalla de un solo bando y él iba perdiendo.

Las puertas de la residencial se abrieron y entraron destrozados después de una gloriosa aventura. La tía encargada de supervisarlos se fijaba en sus pintas. Escondía en su mirada el juicio, el «estos niños vienen a puro tomar», pero ellos eran desvergonzados, no les interesaba mucho su opinión.

Después de enfrentar el primer reto de la mañana, Alan preguntó si le prestaba la pieza por obvias razones, a lo cual Dazai accedió. Se fue a dormir donde los mellizos. La cama de Lannister estaba desocupada, porque quién sabe qué había sido de ese hueón en toda la noche. El Julio tampoco regresó a la casa con el grupo, solo estaba Augusto.

Eran las seis de la mañana, el hogar reposaba de su ruido diario. Era una mañana distinta. No, Dazai no sufría de caña porque, después de desmayarse, no tomó más. Estaban solo Augusto y él pegados al techo.

—¿Oye, querí dormir acá? —dijo Augusto con una voz inocente, como cuando le pides a tu mamá que te cuente una historia para dormir.

La soledad deambula en los seres que no tienen a nadie a quien amar, a quienes necesitan afecto. Aceptó y subió a su camarote para recibir un poco de ese cariño que siempre le hacía. Se acostó a su lado. Dazai puso el brazo en su abdomen y así se relajó, dejando caer el rostro en su pecho. El silencio absoluto de la casa, los zumbidos de los autos que se escuchaban desde la calle Larraín Alcalde, el tic-tac del reloj imaginario, sus inhalaciones y exhalaciones que aceleraban al paso de los minutos.

Él con el torso pelado, flaquito, pero piel dura, con los dedos de niño que nunca ha trabajado de Dazai inmóviles por el nervio de la pasión. Hacía calor, un intenso calor, sudor en una mañana de clima nublado. De a poco arrastró la mano de Dazai hacia un palo endurecido, se bajó el calzoncillo amarillo de elástico azul. Un ser venoso esperaba a ser acariciado desde hacía mucho tiempo. En ese momento compartieron una mirada cómplice.

Entonces tomó aquella arma de batalla hasta beberle todo su jugo. Despreocupados de ser atrapados, ni de escuchar a la tía barriendo afuera o la posibilidad de que llegaran sus compañeros.

—Tu regalo de cumpleaños —le dijo acariciándole la mejilla.

Quinta parte:

Creencias e insomnio

XII

Diario de Dazai

Lo que se está por leer a continuación pertenece al inicio del primer borrador de la novela de Dazai. Antes había escrito la primera idea, sin embargo, al no sentirse satisfecho con lo escrito, decidió comenzar de nuevo por segunda vez.

En primer lugar, quería escribir un romance ficticio inspirado en Sushi y su ex. Pese a que le daba celos aquella relación, creía que era una linda historia llena de melodrama. Con los años tuvo diversos bloqueos creativos y cada vez se sentía menos entusiasmado con la historia. Lo leía y pensaba que no le veía arreglo.

Una noche, inquieto en su cama, una película se proyectó en su mente. Era un *thriller* psicológico futurista en donde se descubría que los homosexuales eran parte de una raza alienígena que empezaba a ser perseguida por distintos gobiernos, lo que producía que hasta el mínimo gesto de homosexualidad fuera peligroso. Entonces escribió en su cuaderno. No obstante, a medida que escribía, comprendió que era una premisa demasiado ambiciosa para él. Al final, optó por escribir sobre él mismo. Claro, aunque no sabía si contar verdades o crear escenarios ficticios.

07 de marzo de 2017

A veces me pregunto si Dios me castiga por no creer en Él, por ser gay o si es simple karma. Tal vez en mi vida anterior fui un hombre machista o maltratador, o ambos. Por eso, a lo mejor, en esta vida soy un niño gay. ¿Es mi condena? Aunque, si nos ponemos positivos, en virtud del dharma, quizás en otra vida fui una mujer maltratada de los años 50 o 60, a cargo de 16 hijos y un marido alcohólico.

A lo mejor, en esta oportunidad me tocó disfrutar la libertad sexual de reproducción, sin procreación ni obedecer a un hombre.

Independiente de todas las suposiciones, mi intuición me susurra en el fondo de mi alma que yace en mí una mujer escondida, porque muchos días la feminidad domina este cuerpo de manos delicadas y suaves, de espalda pequeña y de coquitos diminutos. ¿Podía ser esa la oportunidad que me falta para conquistar a ese hombre inalcanzable?, ¿extirparme la tula y ponerme unas tetas grandotas? Bueno, no es solo mi amor por él, también quiero usar ropa rosada, una falda escocesa, uñas de tigresa, pantis coloridas… ¡Imagino tantas opciones!

Sin embargo, me quedo con mi estilo retro de hípster. El pelo largo me ayuda mucho a complacer esa fantasía. De vez en cuando me confunden de señorita y me da vida. Es tan emocionante cuando ocurre y a la vez gracioso cuando lo descubren. Si bien es cierto que me siento una señorita, no puedo decir que me sienta trans, porque no lo soy. Me gusta sentirme hombre, que se me trate como un varón de vez en cuando, vestirme como una versión chilena de Kurt Cobain, pero todo se ciñe a aspectos estereotípicos del comportamiento.

A veces creo no encajar en ninguna de las categorías. No quería ser empanada de pino ni de queso, quería ser una pizza vegana. También admito que el qué dirán o la aprobación de mis papás frena esta discusión sobre mi identidad. Para ellos puede que sea suficiente tener un hijo gay, no es tiempo para complicar las cosas, mucho menos sujetos a tanto desastre.

También puede que el ser gay sea parte de la maldición. Si me enamorase de una mujer, ¿mis problemas se resolverían? No hay respuestas incorrectas, pero ¿cómo conquistar a una mujer? Con suerte puedo llamar la atención de los gais y pretendo obtener un corazón femenino. Seríamos algo así como lesbianas.

14 de junio de 2017

Cuando pequeño escuché de varias maldiciones. Por ejemplo, la mamá de mi abuelo paterno maldijo a mi abuelita cuando se encontraba al borde de la muerte. También, al abuelo de mi mamá lo mató la maldición de una gitana. ¿Seré gay por tantas maldiciones? A mi abuelita paterna la maldijeron varias personas a lo largo de su vida y puede que por eso se la pasaba enferma.

No obstante, mi abuelita nunca se cuidó de su diabetes. Se alimentó de Coca-Cola y arrollados del siempre confiable El Pobre Flaco hasta los últimos días de su vida. Por eso no era de extrañarse que se enfermara. Sin embargo, ella siempre culpaba a las maldiciones.

¿Y cómo te deshaces de una maldición? Recuerdo que mi papá y mi abuelo la llevaban a todos los médicos brujos cercanos. Todos le daban respuestas diferentes y medicinas alternativas que a veces le servían y otras no. ¿Cómo confiar en alguien que te diagnostica a través de su intuición?

Mi mamá también decía que mi papá había sido maldecido por una de sus exes, de las cuales tuvo muchas, pero eso significaba resignarse a estar maldito por siempre y no me gustaba esa narrativa. Por eso me aferraba a ser escéptico, creer en la ciencia podía darme más respuestas que incógnitas.

Pasé mucho tiempo de mi adolescencia buscando una respuesta a esa incógnita determinista, si nací o me hice homosexual. Necesitaba alguna explicación lógica, algo que me dijese que es parte de un gen distinto o quizás una enfermedad. Y si lo era, ¿por qué no se crearía una cura?

Cualquiera fuera la respuesta me ayudaría a darle una dirección a mi vida. Si uno se hace de esta forma, ¿no se podrá deshacer? Si me hice, significa que mi entorno cultural, ya sea la crianza de mi mamá, una violación o un trauma similar, produjeron este tipo de conductas consideradas irregulares.

Gasté mucho tiempo de mi vida analizando cada elemento de mi historia, lo que me hacía ser de la forma que era. Pudo ser que me crie rodeado de mujeres o que mi mamá era blanda conmigo. Lo de violación lo descartaba porque no me pasó algo ni parecido.

A veces no me gustaba pensar que mi homosexualidad era debida a mi contexto, porque, de cierta forma, me sentía atado a la causa y reacción de eso, de cómo quitaba mi libertad o le daba un carácter trágico a mi ser, un resultado negativo de todo lo que experimenté.

Entonces me dediqué a indagar en lo científico. Primero estaba la teoría de Dean Hamer, quien propuso que un grupo de 12 genes que habitan en alguna parte del cromosoma X y que se llama el XQ28 serían los responsables de la orientación del deseo homosexual. Hasta que, al cabo de algún tiempo, ciertos investigadores canadienses trataron de replicarlo, pero con resultados negativos.

Después se trató de instalar la misma hipótesis, pero con ayuda de la epigenética, pues era el eslabón perdido entre la genética y el ambiente. Para esta hipótesis, la importancia de esos primeros meses de gestación eran los definitivos para determinar la sexualidad del bebé.

También estaba el estudio de Simón LeVay, quien tras haber autopsiado gais, víctimas del SIDA, identificó ciertas diferencias significativas en el tamaño del INAH3, una estructura hipotalámica que consideró tan pequeña en los varones homosexuales como en las mujeres.

Pero en cualquier caso, estas diferencias anatómicas solo explicaban una parte de la homosexualidad, no todas, porque efectivamente la homosexualidad femenina no parecía tener ninguna relación con los resultados de LeVay.

Teoría tras teoría, una rechazaba a la otra. Ahí fue cuando me pregunté si realmente necesitaba de ese paradigma científico.

Creer en la ley de la atracción o en los signos zodiacales se yuxtaponen ante ese ateísmo científico.

Pero el más escéptico yo, Kaito, piensa que brotamos en esta tierra como hongos en un pan que dejaste abandonado por mucho tiempo. Solo somos bacterias pegadas a una roca gigante que flota en la infinita nada. Y el más místico yo, Dazai hippie, dice creer que en este mundo inmenso, lleno de eslabones perdidos, todo puede ser posible.

Pensé que tras atragantarme de conocimiento tendría menos dudas, pero aún sigo sin entender nada. Me gustaría abrazar la ambigüedad de todo, pero quisiera una respuesta. Incluso dudo que deba tener un propósito y eso que lo había pensado desde niño.

Hace poco estuve bastante obsesionado con la historia de Jonathan Larson y sus obras, en especial con *Tick, Tick... Boom!* Al igual que yo, estaba obsesionado con crear una obra maestra o simplemente vivir de su arte. Murió una semana antes del estreno de su creación más famosa, nunca supo que fue un éxito y que, de hecho, se hicieron películas de sus creaciones.

Aun así, un día leí una crítica de lo que había escrito. En ella se desprestigiaba bastante al artista, desde las incongruencias de sus historias hasta su falta de profundidad en torno a las problemáticas que sufrían sus personajes. En fin, lo destrozaban.

Pasé el día entero pensando en que quizás pierdo el tiempo poniéndole tanta importancia a algo que quizás es insignificante. Al fin y al cabo, mi vida es un suspiro cuando pienso en la gran escala del universo. Pospongo un suicidio solo por eso y quizás no importa tanto.

XIII

Mientras Dazai le hablaba a Augusto, tirados en su cama del universo, él asentía bastante y, para su sorpresa, le daba ideas, críticas constructivas y también opinaba sobre los temas que abordaba.

—Sí, hueón, hay que vivir la vida no más y disfrutar. ¿Para qué calentarse la cabeza con política o activismos? Total, no hay forma de salvar la Tierra. Para mí tampoco nada tiene sentido, ¿para qué gastar energías en algo inevitable?

Entonces, le dio una explicación bastante científica de lo difícil que sería recuperar la capa de ozono. No le importaba el calentamiento global porque, al final, todos iban a morir. Él era muy católico, pero de la misma forma que Dazai no se comprometía con lo sagrado ni con la seriedad de su creencia, solo con las costumbres y rituales, como persignarse cada vez que veía una animita o besar un pan antes de botarlo.

Claramente, había incorporado una nueva epifanía en su vida, parecía estar más cercano a un despertar nihilista, lo que hizo pensar a Dazai que Nietzsche tenía razón cuando decía que Dios había muerto. Augusto se fue a duchar llevándose su parlante sonando a todo volumen, solo para irritar a los demás habitantes de la casa.

Dazai salió de esa pieza, sintiendo un sentimiento de confusión. ¿Acaso no era el mismo muchacho que siempre se burlaba de su aspecto físico? ¿El que se burlaba de sus orejas grandes y sus piernas delgadas? ¿Debía mantener eso en total secreto o partir a contarle a Olguita? Estaba seguro de que se le saldría en algún momento, porque, pese a que confiaba en ella, no podía mantener mucho sus secretos en secreto. Habría que dejarlo en lo furtivo y disimular que absolutamente nada pasó entre ambos esa mañana.

Bajo esas esperanzas ingenuas, se permitió soñar en una relación con ese muchacho, aunque le pareciera inmaduro. Poseía un carisma divertido, no se tomaba la vida muy en serio; no era como él, que vivía en la intensidad, en ese existencialismo deprimente que llevó a la locura a tantos filósofos.

Sería como estar con Julio. Las diferencias entre ellos eran sutiles: él era más bronceado, ya que practicaba BMX, por eso mismo tenía más cicatrices en las extremidades; tenía un hoyuelo en el mentón, ojos oscuros como aceitunas y mejillas coloradas. Claro, su olor no se comparaba a lo adictivo de la esencia de su hermano, pero esa personalidad adrenalínica soltaba un oleaje de hormonas violentas que le inducían a abrazarle, a tocarle, a sentirle tan de cerca como pudiese.

Esa tarde de domingo la pasó aseando la habitación completa, incluyendo el espacio de su compañero y hasta lavó ropa entonando todas las canciones de Fiona Apple.

But I know a sound is still a sound
Around no-one
And while I'm in this body
I want somebody to want
And I want what I want
And I want
You
To love me

En la soledad de un domingo, a Dazai no le molestaba hacer el ridículo en esa pieza. Le era divertido cantar como si estuviera en un teatro de Broadway, con las ansias de ganar un Tony. La emoción embargaba su cuerpo lleno de la tristeza que le invadía a través de la canción, pero era una pena artística, actuada y era de placer, porque era para un escenario imaginario. Vibraba y vibraba su celular, pero era incapaz de reprimir el frenesí placentero de la danza y el canto.

Entonces se hizo de noche y vio que la llamada venía de su hermana, lo que era inusual porque nunca le llamaba. Escuchó su voz tumultuosa, entre hipidos, decía que no sabía con quién hablar. Se le escuchaba sonarse y le temblaba la voz, decía que estaba en el terminal esperando un bus, aterrada y solitaria en el inhóspito Mejillones. Decía que se devolvería a Punitaqui. Su voz quebrada le asustó.

—¿Qué pasó? —preguntó Dazai.

Entonces, ella le contó sobre la conclusión de aquel trágico infierno árido sobrevivido. Su estancia en Mejillones había sido aburrida y sofocante, claustrofóbica en los confines canutos de una familia demasiado grande. Su pololo le pidió que se comportara como una señorita en su casa porque, a diferencia de los padres de Raffaela, los suyos eran altamente conservadores y no aceptarían que se vistiera provocativa o que anduviera volada (solo a él se le permitía, porque se veía menos feo al ser hombre).

Tampoco quería que diera sus opiniones sobre feminismo, para no disgustar a su madre, quien tenía una personalidad fuerte y no temía reprenderla si era necesario. Además, él le había comentado a su mamá sobre lo desordenada que era su amiga Cami. Le contó en esas típicas conversaciones de mamá e hijo que una vez había ido a su casa y que estaba repleta de platos sin lavar, la cama sin hacer, apenas barrido y que tenía un hijo con largos mechones de pelo.

La madre airada le exigía a Raffaela que ayudara con la mayoría de los quehaceres hogareños de esa casa multitudinaria. «Esto es lo que tenemos que hacer las mujeres», siempre le aleccionaba. La razón por la que se habían ido a vivir a la casa de sus suegros era porque él ya no tenía trabajo en Tongoy y eso dificultaba su estilo de vida.

Era injusto, porque Raffaela sí tenía trabajo y era la única que aportaba en su chocita, mientras que él solía gastarse todo el sueldo en marihuana, podrían ser hasta trescientas lucas gastadas en yerba. Pero una vez que no pudo comprar más sus dosis necesarias, se la llevó a Mejillones para trabajar con su tío en Dios sabe qué.

Aparte de no saborear la dulce libertad, sí había una parte que disfrutaba en esa casa y era la comida: ceviche, pulpo, guisos con piure, mariscos, pescado frito. Sus suegros veían demasiado delgado a su hijo, lo cual era una locura porque estaba bien gordo el hombre. La culpaban a ella de no alimentarlo bien. Las porciones de su casa ni se comparaban a lo que se servían ellos. Él se sentía cómodo estando entre los suyos, aunque todo le recordara a su primo que recientemente había fallecido.

Por eso mismo prefería salir a surfear o juntarse con viejas amistades, despejar su mente del luto. Le irritaba mucho la voz aguda de Raffaela, por lo que no la solía invitar a muchos lugares. De hecho, ella no conoció mucho Mejillones estando allá; conoció en detalle la casa de sus suegros y eso fue todo.

La rigidez de aquella familia comenzaba a molestarle. El mecanismo patriarcal era algo de lo que había intentado zafarse toda su vida. Con su familia, su único trabajo era cocinar, era lo único que le pedían sus papás. Los demás quehaceres se los dejaban a su hermano y estaba acostumbrada a eso, ni el orden de su pieza mantenía. Ahora debía ordenar el espacio de otras personas.

Los días transcurrían y ella cada vez se sentía más desesperada por salir a dar una vuelta, solo eso necesitaba. Amaba a ese hombre, pese a que pelearan seguido, pero estaba dispuesta a aceptar la mayoría de sus peticiones. Sin embargo, esperaba algo de reciprocidad. Intentaba todos los días convencerle de que la llevara a algún lugar y lo único que conseguía era una salida a la plaza de la esquina a fumar.

A él le enfurecía su voz, era como una aguja en su tímpano cada vez que le escuchaba reclamar. Había días que le ponía la mano en la boca para callarla, lo cual le desesperaba, porque cuando era pequeña su hermano solía hacerle lo mismo. A él le costaba entender qué le molestaba tanto. ¿Acaso no podía ser más comprensiva con su tristeza?

Su primo favorito estaba muerto y lo único que necesitaba era paz. Si bien ella lo entendía, no era ese personaje femenino secundario que solo estaba para contenerlo, servirle, darle sexo cuando se le antoje, escucharle y celebrarle. Ella era protagonista de su propia película, por lo que ese domingo se esforzó una vez más para que salieran a algún sitio interesante. Le reclamaba, llorando, que se sentía deprimida, cansada, que la monotonía le estaba aburriendo.

Él, inconmovible por sus lágrimas, no podía creer el drama que estaba armando. Le agarró con fuerza las muñecas y, mirándola fijo a la cara, le dijo:

—¡Corta el hueveo, que mi mamá te va a escuchar! —gritó iracundo.

Ella, como pudo, se soltó.

—¿Qué te creí, conchetumare, que me vení a tratar así?

No era la primera vez que recibía un trato así de su parte. La última vez, le escupió en la cara y ella lo golpeó con su computador en la cabeza.

—¡¿Y qué vai a hacer, po, dime?! ¡Erí tan malcriada!

La empujó contra la pared.

—¿Sabí qué? ¡Me voy a ir de esta cagá de casa!

Echó en un bolso, a toda prisa, la ropa que podía antes de arrepentirse, porque sabía que podía hacerlo a mitad de camino. Salió de la pieza.

—¿En serio te vai a ir? —preguntó él, incrédulo.

Insegura, ella respondió:

—Sí.

Él, sentado en el borde de la cama, iracundo, se paró y le dio una patada en la espalda. Así fue su despedida. Se arrepentía patéticamente, enviándole mensajes por Facebook. La última humillación. Un adiós doloroso quemaba su espalda, la silueta de un bototo aplastaba sus cogitaciones de misericordia.

Tuvieron una conversación telefónica final cuando ella estaba en el terminal. Él lloraba arrepentido y casi la convencía, pero no cabía duda de que se repetiría una situación similar, que la relación estaba destinada a hundirse en una brea tóxica de daño. Primero, llamó a su mamá, quien le envió el dinero para comprar un pasaje, pero sus consejos se limitaban a los típicos: «Te lo dije. Ese niño no era para ti».

Resultaba que ella quería que esa angustia y decepción fueran apaciguadas por su hermano, aunque ella lo negara. Era ese ser particular que sería capaz de escuchar sin emitir ninguna opinión. Así, su hermano, aunque se muriera de ira por dentro, se quedaba callado y le escuchaba. Dazai no tenía un consejo que darle, pero eso no esperaba ella. Solo quería hablar de la situación, porque una lección que aprendió de Shakira fue que:

Siempre supe que es mejor,
cuando hay que hablar de dos,
empezar por uno mismo.

No había con quién más discutir el veredicto de esa relación, más que con ella misma. Su hermano le escuchaba y admiraba, pero Dazai no sabía si él tendría las agallas para esperar un bus en una ciudad ajena por su cuenta o terminar una relación con la misma decisión. Ella había conseguido lo que siempre se le escapaba de las manos, lo que pedía a súplicas al universo sordo: el amor correspondido, el que tanto anhelaba y lo botó, sin mirar atrás, sin temor a perderlo para siempre o miedo a no encontrarlo de nuevo.

Si él lo tuviera, por una vez, quizá no sabría soltarlo, porque reconocía que la soledad era aterradora y triste; si pudiera salir de ese páramo de hielo, no regresaría, aunque significara entrar a otro infierno.

Si Julio le otorgara una oportunidad, no sabría qué hacer si le golpeara o le violentara verbalmente, porque, incluso en la amistad, aceptaba tratos inadecuados. Se callaba opiniones para no enojarlo, lo mismo que hacía con algunos de sus prejuicios y opiniones fachas. Había días que discutían, pero el preferir quedar bien con él era más fácil, porque no le gustaba que se enojara.

Por eso, Dazai pensaba que si estuvieran en una relación sería sumiso, como su mamá. Ella nunca le contradecía nada a su papá, no le respondía, asentía a lo que él decía, no le discutía sus decisiones, callaba sus opiniones y sentires, guardándolos en un diario mental secreto.

Una vez, su mamá escribió algunos pensamientos íntimos en una hoja que, eventualmente, fue encontrada por su esposo, quien, enojado, le preguntó qué tanto era lo que sufría ella. Después le dijo que si tanto le molestaba, él se podía ir. Ella se arrepintió de cada palabra, alegando que eran solo sentimientos del momento, que ya no los sentía. Nunca más se expresó.

Su mamá y su hermana nunca se llevaron del todo bien, tal vez porque su madre era todo lo que Raffaela no quería ser. Raffaela identificaba todas esas características malignas de su papá que su mamá prefería oprimir, por eso escapó del mochilero, porque pensó que terminaría atrapada en la misma prisión de cuento de hadas en la que vivía su madre.

En ese viaje de vuelta a su pueblo, cuestionaba la falta de motivación de esa señora para no avanzar por su cuenta, para no querer cumplir un sueño o trascender en algún área. Perdió su juventud siendo sirvienta y ahora, en ese estado, ya no había marcha atrás. Sería servidora para toda la vida.

Sin embargo, Dazai entendía a su madre, de verdad la entendía. Pensaba que estar enamorado tenía ese efecto de hacerte abandonar a ti mismo o al menos eso es lo que él haría. Cuando se ponía a pensar en sus deseos futuros de ser escritor o político o en lo que fuese que se viera triunfando, siempre se decía que lo dejaría todo por estar con alguien que le amara. Ni siquiera era necesario que fuera Julio, podría ser cualquier persona con quien tuviera una conexión.

Ese alguien podría ser Augusto, Sushi, Robinson o incluso Jason. Solía imaginar que un espacio en la cima se veía muy solitario y puede que se equivocara, pero comprendía a su madre. Se le notaba que estaba enamorada, que la posibilidad de estar con otro hombre ni siquiera le cabía en la cabeza. Según sus ojos, don Andrés era Zabaleta o Hugh Jackman.

XIV

Dazai, al final, no terminó el ensayo. Durante la semana, la profesora Cristina comentaba lo decepcionada que estaba de algunos alumnos y que no esperasen un azul, porque ella notaba cuánto se había trabajado en la obra o no, fijándose mucho en su persona cuando lo decía.

Dazai se acercó un rato para darle una excusa barata que inventó en el camino. Le dijo que su abuela estaba enferma, que se había ocupado de eso y que no era una excusa, que solo le estaba avisando. A ella no le interesaba mucho ese tipo de justificaciones, porque su mentalidad era que si se quería, se podía. Conocía a alumnos en peores condiciones y, aun así, respondían.

Tuvo que aceptar nomás y pensar en mejorar para la próxima evaluación. Al terminar la semana, tuvo que ir de vuelta a Punitaqui: su mamá se iría de nuevo a Santiago, por lo que la necesitaban otra vez. Se fue el viernes después de clases. Esa noche fue especial en cierto modo, porque saldría con la Raffa y la Cami después de tanto tiempo.

Finalmente, se juntaron, irían a la casa de Carolain, una sitio enorme en la entrada de Pueblo Viejo, una de esas casonas antiguas coloniales. Sus rejas, envueltas en buganvillas de colores naranja, fucsia y rosado, rodeaban un patio gigante con un jardín exquisito en toda clase de plantas. La bandera mapuche y la del orgullo LGTBQ+ se izaban majestuosas, dándole la bienvenida progre a cualquier visitante del pueblo.

La madre de Caro era una mujer muy liberal, de atuendos coloridos, libros esotéricos, un pelo teñido rubio con mechones rosados y escandalizaba a toda la comuna con su escote. Se rumoreaba sobre un romance secreto entre ella y Jason, a muchos les extrañaba que él pasara tanto tiempo en esa casa. Algunos decían que se escuchaba el bullicio pornográfico cuando él la visitaba; también se decía que se le había visto a ella en bicicleta, llegando a la casa de él.

Al ser un pueblo pequeño, los rumores se esparcían rápido. Dazai admiraba a esa señora, por lo que le costaba digerir tales calumnias. No podía creer que compartía saliva con la MILF más deseada del pueblo. Era ridículo pensarlo. ¿Por qué, teniendo a una mujerona como ella, él buscaría esa noche satisfacer sus necesidades lascivas? No tenía sentido. Pensaba que a la gente de Punitaqui le gustaba afirmar leyendas como hechos, no sería extraño que fuera uno más de sus inventos.

Los tres estaban emocionados por ir a una fiesta en la casa de Caro, pues era la casa gay, el lugar para comportarse tan extravagante como quisieras, un círculo de personas disidentes y aliados. Desde que eran unos simples púberes, liberaban ese instinto *queer* que reposaba en sus vergüenzas. Ahí fue cuando Cami despertó aquella pasión que le daba miedo soltar.

Era común que hubiera parejas del mismo sexo bailando y eso facilitó que, en uno de esos carretes, Cami bailara con Carolain por primera vez. Le conquistó su sensualidad, aquel meneo pélvico tembloroso. Se besaron en medio de la pista, rodeadas de personas que no sabían de esas nuevas inclinaciones de Cami.

Consecuentemente, tal episodio se convirtió en el escándalo de la semana y todos hablaron de eso. Incluso llegó a los oídos de la mamá de Cami, no era la primera vez que estaba al tanto de las inclinaciones de su hija.

Una vez, Raffa la acompañó hasta su casa después de un carrete y se besaron fuera de su casa. Su mamá las vio. Lo que vio le produjo tal repulsión que no le permitió juntarse más con ella. Desde ese día, cambió con su hija, la simple idea le revolvía las entrañas. Por eso, cada vez que salía, le hacía mil preguntas, se preocupaba si salía con una mujer y le incitaba a que se juntara con hombres.

Punitaqui era un pueblo chico en el que toda la gente se conocía, por lo que era cosa de tiempo que se enteraran sobre Cami y Caro. Para ella eso era la peor deshonra, porque manchaba el prestigio de su familia. Podía entender que estuviera desorientada, pero le pedía que lo mantuviera en secreto, por lo menos.

Por esa misma razón, Caro ahora invitaba menos gente, trataba de filtrar a los invitados. Entre más gais, mejor. Esa noche, si no eras gay, lesbiana o bi, no estabas adentro. Al ser un entorno moderno, Dazai se maquilló ojos y labios. Se vistió con un cárdigan de lana blanco, unos *mom jeans* y una polera blanca que tenía la portada del libro *El guardián entre el centeno*. Se sentía más señorita de lo usual y lo estaba disfrutando.

Uno de los invitados en la fiesta era Sushi, lo que le volvía a ilusionar. A pesar de que decía haberlo superado, aún le parecía atractivo. Además, en esa casa todo era posible, así que ¿por qué no intentarlo? Le acechó conversándole, haciéndole reír. Compartían gustos musicales similares, por lo que aprovechó para pedirle algunas canciones e invitarle a bailar.

Sushi era una persona de sangre liviana, le seguía el juego por su amabilidad innata. No era maleducado ni cruel, incluso, la vez que Dazai le confesó lo que sentía, fue muy cordial al rechazarlo. Nacieron el mismo día, del mismo mes y del mismo año, exactamente la misma fecha.

Por eso Dazai, estúpidamente, creía que era una casualidad y que las casualidades se interpretaban, por lo que él lo interpretaba como estar destinados a amarse. Pero eran bastante diferentes. Él era más maduro, más autovalente, más amigable y, para Dazai, él era mucho mejor que todo lo que había tratado de ser.

Pensaba que pudieron haber sido la pareja perfecta, porque Sushi le podía ayudar a mejorar, sacaría lo mejor de él, creía que hasta podía terminar con la maldición. Incrédulamente, le bailó pensando que tendría algún golpe de suerte, pero no fue así. Después del primer baile, no lo volvieron a hacer.

Por un rato, aburrido de tratar de llamar la atención de aquel hombre, entró al baño para jalar un poco con Cami. Mientras caminaban por ese pasillo largo, se toparon con Jason, vestido con un short y una polera sin mangas, quien claramente parecía estar pasando la noche ahí. Sus ojos chocaron, tensos, inquietos por ocultar aquella ocasión. Cuando reingresaron al carrete, junto a los demás, a Dazai le llegó un mensaje.

—Oye, ¡feliz cumpleaños! Me olvidé de saludarte, te debo tu regalo de cumple entonces.

Su mensaje inestabilizaba cada energía en su cuerpo, revolcaba su conciencia, revolvía sus pensamientos. No olvidaba la experiencia de dolor, pero tampoco negaba el placer.

—Gracias, ¿pero cuál sería el regalo? Si se puede saber.

—Ven a la pieza de la puerta verde y te lo muestro.

Lo meditó por un rato, estaba sentado en una banca, con una mano bebía pequeños sorbos para ayudarse a decidir y la otra mano sujetaba su celular. Recordaba aquel dolor que había sentido la última vez, lo bruto que había sido, pero era innegable que, aun así, la adrenalina, la sensación de peligro, le tentaba. Después de varios mensajes en los que se preguntaba si se atrevería, cedió ante sus impulsos y sin que nadie lo notara se escabulló del mambo.

La habitación de la puerta verde era en la que dormían los invitados, estaba alejada de las demás habitaciones y tenía una cama de dos plazas acompañada de otras dos de una plaza. Que no estuviera curado cambiaba el panorama, era un indicio de que pudiera estar ahí por la madre de la Caro. Al entrar, se lo encontró sobrio y sonriéndole, una sonrisa tierna, miraba contento de verle llegar. Era un Jason diferente, uno convencido de lo que estaba haciendo, sin vergüenza. Bueno, el haberle dicho que estaba asustado tal vez había cambiado su forma de tratarlo. Despacio, puso el dedo en su mejilla.

—¿Todavía tienes miedo?

Tembloroso ante la aventura, subió la vista con timidez hacia ese alto hombre intimidante.

—Sí, un poco.

—¿Por qué? Si no te voy a hacer nada malo.

Su prueba para demostrar que lo que decía era cierto fue besarle, lo que nunca espero. Tenía expectativas bajas, no esperaba un beso de esos labios tan masculinos, tan viriles, libres de cualquier indicio de mariconería. Dazai creía ser visto como una fuga sexual, que a lo mejor le hacía mucha falta sexo, que para eso lo buscaba, pero teniendo a una mujer a solo metros lo estaba eligiendo a él, a sus labios, sus labios de gay, esos mismos labios que ni rozó, ahora estaban a su merced. Ya no había punto de retorno, pensó, si le dolía, que le doliera; había alguien deseándole, acariciándole, lamiendo secciones de su cuerpo que no habían sido lamidas por nadie.

La vibrante música retumbaba en los pasillos, en los cuartos, en la cocina y en los baños, encubría cualquier manifestación de perversión. Después de mucho chuparse mutuamente surgió la embestida, aquel ingrediente final del completo. En su fuero interno permanecía la duda, no sabía si iba a estar preparado, pero no le importaba, lo quería más que nunca, lo deseaban en él, volverse suyo, sentir el calor de la carne palpitar.

Le pidió que lo hiciera con sutileza, cuando le amansó con su cuerpo sobre el suyo. Su pene endurecido empujó con cuidado cada centímetro, el dolor o la irritación se apaciguaban con aquellos besos apasionados que callaban sus gemidos, para que finalmente cada carga de su energía se convirtiera en él. En su paladar estaba el sabor de sus palabras, de su idiolecto, impregnándose en su lengua. Su tacto se incorporaba en su piel, en sus pechitos de limones, esas manos de hombre trabajador le agarraban de la cintura fundiéndose en él.

Atrevidos por una libertad sin vergüenza, cambiaron de posición a todas las que pudieron. Le abrazaba y se apretaba firme contra su cuerpo, se amalgamaba entre sudor y saliva, ya no importaba si se escuchaban quejidos o los chirridos de la cama. Aguantó hasta que el placer se intensificó, entonces pudo experimentar una nueva culminación del sexo, una que no había sentido antes, un orgasmo que le devolvió al principio de los tiempos.

Se estremeció cada tejido, cada nervio, cada extremidad o músculo; el dolor no existía, solo plenitud. Después de llegar a aquella meta, disfrutó por unos segundos de su afecto, exhausto, rendido por completo ante el cansancio.

XV

La obra original de Dazai había sido escrita como una novela. No obstante, en el último momento decidió que quería transformarla en un guion para una película. Después de diez años, la película finalmente vio la luz, aunque durante el rodaje, la actriz Susana Di Girolamo, que interpretaba a Raffaela, a veces no entendía del todo algunas escenas.

Por ejemplo, no comprendía por qué nadie parecía prestar atención al personaje de Dazai y su amante, ni por qué parecía que nadie se daba cuenta de lo que estaba ocurriendo. Tampoco entendía el propósito de lo que sucedía después de esa escena de la fiesta, donde algunos extras saltaban en la cama elástica del hermano menor de Carolain, otros se besaban en trío dentro de la casita del árbol, mientras uno más vomitaba debajo de un paltó y la mayoría bailaba sin cesar reguetones antiguos.

En esa escena Raffaela, feliz, escuchaba la música prohibida, aquella que, según su ex, era para los incultos, un sonido zafio que revelaba las poderosas ganas que tenía de bailar. Hay una toma en la que se muestra que en su celular se acumulaban reiterados mensajes de arrepentimiento, de perdón, de «yo no soy así». Sin embargo, un último mensaje llamó su atención. Un mensaje descarado que decía que ella también tenía algo de culpa.

En ese momento suenan las guitarras que introducen la canción *Fiesta* de Raffaella Carrá.

La película, de pronto, cambiaba de tono y se convertía en un musical:

Desde esta noche cambiará mi vida
(Desde esta noche, desde esta noche)

No quiero ser ya más la abandonada
(No quiero serlo, no quiero serlo)

Su vestimenta se transformaba en un conjunto rojo de secuencias, tipo *showgirl*, mostrando su ombligo y el cabello recogido en un tomate perfecto, todos los invitados involucrados en su coreografía. Ella a través de su canto se expresaba:

Él decía que era culpa mía,
que anulaba yo su libertad

Sacando a relucir pasos de jazz en una coreografía ensamblada como las de Bob Fosse se desenvolvía en la pista. Elevada en lo cielos por todos los bailarines cantaba:

Yo le dije si no estás tú,
¿qué voy a hacer si no estás tú?
Y es sabido que es peligroso decir siempre la verdad,
por eso aquí tengo yo esta fiesta, pero sin ti

Todos formando un círculo a su alrededor, ella enfocada por un reflector en el centro de la pista

Fiesta, qué fantástica, fantástica esta fiesta
Qué fantástica, fantástica esta fiesta
Esta fiesta con amigos y sin ti...

Para la actriz, era una escena contraproducente con el desarrollo de su personaje. Sentía que, de cierta forma, el director no empatizaba con el personaje de Raffaela y que una simple canción no era la solución para todo lo que sufría la joven, ni para todo lo que debía procesar, algo que quizás nunca superaría. Ella también había sufrido una relación abusiva y mientras más vivía en la piel de Raffaela, más le dolían esas heridas del pasado.

Después de mucho discutir e incluso amenazar con su salida del largometraje, se eliminó la escena de la edición final. Sin embargo, años después de su estreno, se sumó a una versión *deluxe* con contenido nunca antes visto.

XVI

El ombligo de Italia no se equivocaba cuando decía que era peligroso decir siempre la verdad, eso Dazai lo tenía bien aprendido. Lo aprendió todas las veces que fue honesto siendo cruel, cuando le confesó su amor a Sushi, cuando le dijo a su mamá que se estaba echando un ramo o los secretos que contó a algún personaje traicionero, como cuando le dijo a una amiga chismosa que había tenido sexo con Jason.

Aprendió que si sabía más de uno, sabría el pueblo. Por eso pensaba que no se atrevería a expresar sus sentimientos a Julio. Era una sentencia a su amistad, si no eran amigos, no serían nada y prefería ser, por lo menos, eso.

Puede que fuese solo eso, necesitaba de su existencia, de su cercanía, de su presencia, que le recomponía tanto como le destruía. Sostenía un poder sobre él casi irrebatible. Julio solía ser prioridad, más que la universidad, más que su familia, más que sus amigas. No había persona que le importara tanto como él.

A veces, en conversaciones nocturnas, Julio se quejaba, decía que también quería sentirse amado, que alguien se preocupara por él. Esos momentos eran los que Dazai trataba de desenredarse entre sus mentiras, gritarle con todas las fuerzas que esa persona estaba en frente, que no debía buscar más. Ante él se encontraba esa persona indicada para amarlo, aunque él estuviera obsesionado en encontrar una mujer de belleza perfecta.

Dazai creía que nunca podría gustarle, que sus deseos vivían en la imposibilidad. El rasgo más leve de inferioridad superficial le deprimía, no paraba de pensar en que no estaba a su alcance. No podía evitar compararse con cualquier persona más bella que apareciese en las redes sociales, en especial en Instagram, donde veía que todos eran más bellos. Arrancaba como podía de esas altas expectativas, pero no era lo suficientemente rápido.

Aun siendo delgado, se estresaba al no ver un abdomen plano, al no tener una nariz respingada, unos ojos más claros y comenzaba a buscar todas sus imperfecciones. Se estaba revelando en contra del razonamiento, no le interesaban los valores ni la inteligencia, quería ser perfecto para esos ojos que se negaban a corresponderle. Se lastimaba convenciéndose de que no conquistaría a nadie, que el no obtener amor era parte de una maldición eterna.

Otra noche larga sin dormir se repetía, perturbado por sus pensamientos. Se decía: «Eres un mal hijo, un pésimo hermano, un estudiante mediocre, un activista perezoso, un escritor prosaico. No lograrás nada, no estás ni a los talones de tus ídolos». En el silencio de la noche, su subconsciente era más bullicioso que los grillos y el ruido de los autos. Una fuerza implacable mantenía sus ojos abiertos, desequilibrando cada fibra de su ser. Esas mismas voces invisibles le atormentaban hasta tentarle a besar la muerte.

Eris odiaba que no fuera ambicioso, que no lograra nada; Kaito le decepcionaba por lo drogadicto que se había convertido y Dazai hippie le consideraba un pésimo activista. Y lo pensaba diariamente, agobiado por esas voces. Caminaba por las calles de La Serena pensando que se podría tirar a algún auto que anduviera a máxima velocidad. Ya no lo podía resistir, no lograba ver un futuro cercano o lejano con un final feliz.

Se levantó de la cama desesperado. Tomó unas tijeras grandes entre los útiles de su compañero y se esforzaba por cortarse las venas de la muñeca. En ese impulso secreto no conseguía ni un rasguño, entonces lloraba frustrado, buscando en esa pieza algún artefacto que cumpliera su exilio de ese plano existencial.

Rendido, se acostó de nuevo, pensando que no podía escapar de la ansiedad, pero así llegaban recuerdos del rechazo, de desamor, de incontables batallas perdidas, preguntándose si había cometido un error en la carrera que estudió, preguntándose si de algo servía la política, dudando cada decisión y cada acción. Inquieto, en las tapas se rascaba la piel como si fuera a arrancársela. Le irritaba el tacto de su larga melena, que ya no sabía ni cómo peinar para verse bien.

Se fijó en esas mismas tijeras con las que intentó el fallido suicidio y, en un acto de violencia, se cortó sus largos mechones. Cortaba y cortaba sin dirección. Se deshacía de la feminidad que a veces le avergonzaba, de esa que esperaba que conquistara a ese hombre. Esa feminidad moría y terminaba en el piso como todo ese cabello arrancado a la fuerza.

Camus le enseñó que el único problema filosófico verdadero era juzgar si la vida valía la pena vivirla y esa era la pregunta de todas las noches lo desvelaba por una respuesta. Esa noche no hubo respuesta, solo la mutilación de una parte esencial de su personaje, algo que le caracterizaba en esta etapa. Pensó: «Si querías ser trans, aquí estaba la señal, se fue la oportunidad de verte femenina, de ser confundida, de ser llamada señorita».

Al día siguiente, la Olguita le acompañó a arreglarse la masacre que había dejado. Omitió las razones del porqué, solo se excusó diciendo que no se acostumbraba y bastó para que le creyera. En el camino, de búsqueda por un peluquero, chismosearon un rato. Su relación iba viento en popa, así que no había mucho que decir.

Se enteró de que el chico Lannister estaba saliendo con una de las niñas nuevas de la residencial, al igual que Augusto. La otra historia inquietante era que dos chiquillas podrían estar embarazadas y cabía una remota posibilidad de que fuera responsabilidad de alguno de sus amigos. Claro, no podía afirmar nada antes de que se diera una confirmación de ellas, sin embargo, para Olga era obvio porque solían salir mucho a beber, invitaban a todos en la casa por si alguien se motivaba. Entre más personas, mejor.

Por eso, había ocasiones en que convencían a un par de muchachas preparadas para descansar del estrés de la universidad.

Ellas eran quienes caían en los brazos gruesos de sus compadres. Ni siquiera se esforzaban, tal vez eran los que tenían la personalidad de sacarlas a bailar, tal vez fuera que emanaban un aura seductora o solo eran muy calientes, más de lo normal.

Eso le dijo Jason después de su encuentro. Se justificó con estas palabras: «No es que sea gay, es que creo que soy adicto al sexo, puede que tenga un problema». Podía ser que la inhabilidad de sus amigos para mantener su cosa en sus pantalones se debiera a eso.

Después de tragar aquella noticia, lo peor se avecinaba. Le contó que Julio había sido visto varias veces llegar con la Rusia a la residencial, que se sabía por algunos que eran más que amigos, que parecían estar en una relación seria. ¿Por qué no se lo diría? Dazai había asumido que era su mejor amigo, por lo tanto, suponía que sería él quien se enteraría primero o, al menos, eso pensó.

Julio siempre le decía que era su único amigo, después de todo. ¿No merecía ser avisado? Dazai se cuestionaba si es que quizás sabía que le dolería y prefería evitar su sufrimiento. Tampoco era muy disimulado para ocultar su enamoramiento. De algún modo, Dazai quería que se lo dijera él mismo. También pensaba que hubiera sido menos doloroso que fuese cualquiera, en serio, cualquiera. Pedía a los cielos y al universo que no fuera ella, porque era perfecta, ella tenía ese potencial de hacerle feliz.

En ese mes no pudo dormir ni por un día, cada madrugada era acechado por fantasmas que drenaban sus ganas de vivir. Frecuentaba menos a Julio y puede que se debiese a su pololeo. A Alan le molestaba mucho que fuera uno de los acusados de la supuesta paternidad, además, el rumor había llegado a oídos de Luna, quien también lo hueveaba y actuaba como si no le importaran esas acusaciones, ya que ella estaba oficialmente pololeando con un compañero de la carrera. Puede que ella no haya sido el amor de su vida, pero veía que había sentimientos. Lamentablemente, como a mucha gente, se le escabulló un romance que pudo haber sido.

El pobre Alan hasta había decidido terminar con su polola por estar con Luna, pero desistió. Empezó a sufrir ataques de pánico y taquicardias. Un doctor le dijo que era por la marihuana, así que dejó de fumar. Su abstinencia le alejó de la manada. La Olga, ocupada en su tesis, también estaba distante. Mutaba la amistad en decadencia. La soledad insistía en acompañarle, no le abandonaba incluso estando con gente. Apreciaba los fines de semana en su pueblo, porque allá, en la ciudad, solo era un gay más con chaleco de lana.

Carecía de un *six-pack* formado o unos brazotes como para atraer el interés de los gais en la ciudad, parecía no gustarle a ninguno. Por lo menos en Punitaqui le gustaba a los heteros. Grindr, en ese pueblo, era una caja de sorpresas, una puerta tras otra puerta de curiosos y pervertidos emocionados por probarle. Se arrepentía de la mayoría, sin embargo, continuaba abriendo puertas pensando en él.

Ser la pata negra carcomía su cabeza de culpa, ponía en tela de juicio aquellos actos indecentes y no paraba de pensar en la madre de Caro. ¿Qué iba a hacer si se enteraba? Iba a su casa desde que tenía catorce años, había conversado con ella, había tomado once en su casa, le había invitado a fumar caños, le dio consejos. ¿Qué clase de Judas era? La realidad es que estaba asustado, porque el rumor se esparcía como esporas en el viento. Solo hacía falta tiempo para que lo descubrieran y, en consecuencia, salir malogrado por Jason y exiliado del único antro LGTBQ+ del pueblo.

Estando en su casa tampoco podía dormir. Pensaba en la depresión de su papá, se imaginaba sus días hospitalizado, incapaz de dormir al igual que él, que sus pensamientos eran tan abrumadores como los suyos.

En todo caso, en su familia la depresión era como una vieja amiga. A su abuelita también le hacía compañía, la mantenía sin ánimos, sin ganas de recuperarse. Se sentaba en su silla de ruedas en el medio del patio, contemplando a todo aquel que llegara y todo aquel que se fuera. Murió algunos años después de los sucesos en esta historia y fue como un regalo, porque era lo único que pedía.

Raffa también intentó suicidarse. A sus quince años tomó un frasco de píldoras para el colon. Por poco la mata, los médicos le hicieron un lavado de estómago, mientras su mamá le sujetaba la mano llorando desconsolada. Una recopilación de episodios trágicos se proyectaba en su memoria: peleas, golpes, llantos, accidentes... ¿Es que en serio estaban malditos?

Entonces, en cada suceso recordado, se colaba la presencia de su hermanita pequeña, a la que tanto había ignorado, la que tanto le hartaba, a la que trató de corregir siendo testigo de dichas circunstancias. Le dolía el hecho de que nunca había sido el adulto que necesitaba. ¿Por eso estaba enojada?

Era probable que tuviera rabia acumulada de aguantar tanta mala suerte, de despedirse de la casa de su infancia, de soportar a dos hermanos que amenazaban constantemente con suicidarse, de que la depresión atacara a casi todos los miembros de su familia. Vivir en una familia disfuncional que acarrea las maldiciones de su pasado no era culpa de su hermana. Entonces, decidió encargarse de celebrar su cumpleaños, teniendo en cuenta que su mamá estaría cuidando a su papá.

El día cayó un sábado. La saludó temprano en la mañana festejando. Después le dijo que la invitaba al cine en Ovalle y que comerían algo en el patio de comida. El gesto le sorprendió, porque no sería un cumple normal. No estarían sus viejos, tampoco Raffaela —solo Dios sabía dónde estaba—, solo le tenía a él. Supuso que no esperaba mucha solidaridad de su parte.

Como nunca, se levantó temprano, ordenó su cama y desayunó junto a él, se rehusó de decir sus comentarios sarcásticos.

Fue un día bastante especial. Invitó a Cami y a su hijito, porque temía que estar con su hermana fuese incómodo o aburrido. Eso a su mamá le molestó un poco, lo pudo presentir en su tono cuando le llamó y es que no le agradaba mucho su mejor amiga. Puede que le diera celos su devoción por ella o lo mucho que le podía priorizar o también puede ser el hecho de que fuera mejor amiga de Raffaela primero.

Bueno, de todos modos, su mamá siempre fue desconfiada de prácticamente todas sus amigas y era probable que fuera porque solo tuvo una y le falló. Ese trauma le hablaba en el oído cada vez que le veía siendo muy fanático de alguna amiga. «Las amigas no existen», decía.

Pero ella, desde los diecisiete, tenía pareja, mientras que Dazai, sin amigas, ¿qué tenía? ¿A sus hermanas? No, nunca, porque sus hermanas se casarían, tendrían hijos y él quedaría con esas visitas esporádicas de vacaciones como sus demás tíos. Tal vez Cami también se podría casar, pero, aunque estuviera pololeando, le solía priorizar tanto como él a ella. Su mamá no entendía que para alguien que nunca era correspondido, lo importante que era tener una persona que sí correspondiera su amor.

Dazai disfrutaba mucho parecer una familia caminando por el *mall*, más de una señora les dijo: «¡Tan jovencitos y con guagua!». Regresaron a casa en la noche en el auto de un amigo de siempre, Robin. Cualquiera en el pueblo contaría una que otra experiencia desagradable con él. Era de esos curados jugosos, pero con Dazai, Raffa y Cami era una persona completamente distinta.

Dazai le conoció en una de esas cimarras con su hermana, los invitó a su casa, localizada al frente de la plaza. Su presencia intimidaba: un hombre moreno de cicatrices en el rostro y el cuerpo, de una voz rasposa y grave. Sin embargo, debajo de esa superficie dura, había un corazón blando, tanto que siguió siendo su amigo. En donde lo encontrase, le saludaba, lo que no era muy común con los hombres en su vida que a veces se avergonzaban de saludarlo.

Él, en cambio, no le tenía miedo a nadie, entonces, aunque se le dijese algo, él se defendería simplemente. Nunca tuvo que pasar, pero estaba dispuesto a golpear a cualquiera. También conoció muchos gais en su vida, con los que tuvo más de un encuentro curioso y de los que recibió mucho amor, de sus amistades más preciadas incluso.

Una noche, Dazai estaba en la casa de Cami junto a Carolain, cuando sintieron un escándalo fuera de su casa. Era Robin, curadísimo, quería que le acompañaran en su auto a tomar en el mirador. Caro no lo conocía en ese tiempo y se puso furiosa al verlo, seguramente lo juzgó como cualquiera que lo ve por primera vez.

—¿Qué hace este gil en tu casa y por qué tanta confianza?

—¿Cómo que «gil», hermanita?

—¡Yo no soy tu hermana! ¡Yapo! ¿Quién, eh?

A la Carito le emputeció que no lo echara de inmediato, sospechaba constantemente de la bisexualidad de Cami, por lo que hombres y mujeres representaban un peligro en su relación. Pero Robin no se veía bien, aunque estuviese ebrio, se notaba que algo le pesaba y si estaba ahí era por una razón aún más profunda. La que se fue al final fue Caro, enojada, diciéndole:

—¡Elegiste a ese hueón en vez de a mí!

Hicieron pasar a Robin, pidiendo que no hiciera mucho ruido. Si bien Dazai tenía muy en claro que su polola se enojaría, su instinto le avisaba que debía ayudar a un amigo.

Se sentó en el sillón y, en un instante, lloraba desconsoladamente con una cerveza en la mano. Para ellos era extraño que estuviera llorando, porque era alegre o rudo, pero nunca triste. Así fue como, con dolor y mucho esfuerzo, les confesó que era gay, que lo sentía desde hacía años y que era imposible para él salir del closet, por tantas razones. Se quedó en ese sillón mientras lloraba.

Después de ese día, hizo como si nada hubiera pasado. Sin embargo, cuando los llevó de Ovalle a Puni, se percibía en su rostro que había un aire de libertad. Dazai recordaba cómo salió del closet o cómo lo sacaron; se acordaba que, pese a eso, fue un alivio envanecedor, en especial después de que su papá se enterara. Fue un escándalo, claro, como todo en su vida. Llevó a su prima y a sus amigos a un carrete de su padre y tíos, quería que conocieran a la gente con la que constantemente carreteaba, también como para demostrarle que no solo se juntaba con gais.

Su mamá, apenada desde la escalera, le pidió que subiera sin querer llamar la atención. Entonces, le explicó que minutos antes había llegado y que su hermana se había tomado unas pastillas de su papá con intenciones de suicidarse. Le hicieron un lavado de estómago para salvarla, pero por poco no lo contaba.

Dazai sintió un dolor en el pecho, pensaba que era culpa suya y se odiaba a sí mismo por eso. También estaba al tanto de esas ganas que tenía su hermana de dejar de vivir, podía darse cuenta de qué le costaba ser feliz. Juntos, su mamá y él, intentaron buscar una explicación, cuando les interrumpieron unos gritos y sonidos de golpes. Bajaron a toda prisa y su prima gritaba:

—¡Viejo culiao, homofóbico!

Le repetía esa frase al papá de Dazai, quien era sujetado por dos de sus hermanos. La pelea persistió en la calle, combos iban y venían entre su papá y sus amigos. Abismado, contemplaba un atisbo inimaginable. Su hermana casi se muere, su papá sabe su gran secreto, su prima le dijo que no le hablaría jamás. No supo qué hacer, caminó enervado, escuchando el bullicio belicoso hasta llegar a su pieza.

Un dolor punzante le botó al suelo, gritaba de tristeza y nadie le consolaba. Se encerró a dormir y a esperar lo peor, porque siempre supo que cuando su homosexualidad fuera expuesta le echarían a la calle, como a un perro mal portado.

En la mañana, le despertó el grito de su papá desde su pieza. Era momento de enfrentar el rechazo paternal, un rechazo peor al de un amor no correspondido, porque, de cierta forma, se piensa que los padres son las únicas personas que siempre te amarán, por una obligación implícita y universal. Eres una parte de él, una creación suya. Caminaba esperando que se le expulsara del cielo, cayendo sus alas, tirado al suelo.

—Hijo, venga...

La vergüenza lo escondía detrás de la puerta, él, acostado con los ojos llorosos.

—Acérquese... ¿Sabe qué? Yo siempre he sabido que usted es muy diferente a mí. Como cuando lo llevaba a los partidos y nunca quiso jugar o que te gustaba ir a clases de baile... Tenemos gustos diferentes en todo, pero, hijo, independientemente de eso, yo te amo —lágrimas corrían por sus ojos—. No me importa que usted sea lo que quiera ser, desde que naciste te amo con todo mi corazón, a ti y a tus hermanas, siempre voy a hacer hasta lo imposible por ustedes. Si ayer me enojé es porque nunca voy a permitir que se te falte el respeto, por nadie.

Lloraron ambos y después se sentaron a desayunar como si nada hubiera pasado.

Sexta parte:

Paltas y mandarinas

XVII

El padre de Dazai nació el 4 de abril de 1969 en Santiago. Sus primeros años de vida los vivió en un campamento, de esos que eran llamados poblaciones callampas. La abuela de Dazai había sido parte de esas migraciones del campo a la ciudad. Lamentablemente el gobierno no pudo resolver el problemita de las tomas de terreno, entonces el MIR salió al rescate. La abuela de Dazai se hizo parte del movimiento, aunque se desconoce si fue por convicción, pero el padre de Dazai recuerda haber conocido a Allende y cómo todos los niños dormían mientras los adultos tenían reuniones importantes.

Se decía que el abuelo de Dazai era carabinero y también que era un hombre casado. Dazai tenía la esperanza de que su abuelo hubiese sido uno de los desaparecidos, un guerrillero que luchó y murió valientemente por sus ideales. Nunca confirmó nada, puesto que su abuela mantenía en secreto gran parte de su pasado.

Se dice que a su abuela la torturaron, que alguien se apiadó de ella y la dejó escapar. Por eso prefería no recordar nada, ni hablar de ello. Después del golpe de Estado, viajó con su hijo al Huilmo, donde tenía a su familia. Luego de eso, buscó trabajo en el norte, mientras que su hijo quedó al cuidado de su hermana mayor que era como su madre.

Las infancias de antaño eran violentas y atávicas, a los niños se les enseñaba a golpes, no había mucha importancia en su educación, por lo que se les obligaba a ayudar con los quehaceres del campo. No había regalos en Navidad ni paseos a la playa; no existían besos en la frente de mamá antes de dormir ni peloteos con papá en alguna cancha.

Para los chilenos de esa época tener padre era un ápice de privilegio, un emolumento que marcaba una diferencia de clase. En la escuela, el padre de Dazai conoció la palabra huacho, entonces su tía abuela le dijo que le sacara la chucha a cualquiera que lo tratase así. A la fuerza, no permitió que nadie se atreviera a llamarlo con esa palabra que no podía ni escuchar, pues representaba el abandono.

Dios le había privado de amparo, entonces tuvo que ser fuerte por él y para él, algo contradictorio pensarlo cuando es Él quien nos promete: «No te dejaré, ni te desampararé». Las vivencias en la soledad infantil son oscuras, se tratan de esconder y enterrar en un cementerio alejado del presente. Mi pobre angelito pudo haber pasado por mucho si hubiera nacido en Chile y sus padres se hubieran demorado más en regresar. Sucesos que quizás no aparecerían en un *bestseller* repetido en todas las navidades por cadenas nacionales.

A los doce años, su madre lo fue a buscar para llevárselo a Chuquicamata. Allí conoció a don Ricardo. No era un hombre muy alegre, tenía un ceño fruncido marcado en la frente, pero tenía una estabilidad económica importante, dado que trabajaba en Codelco. Cuando conoció a su nuevo padrastro, el padre de Dazai se asustó por ese aspecto intimidante de hombre rudo, pues no le agradaban mucho los niños pequeños.

Además, no hacía muchos intentos por tratarle como un hijo. Con los años, la familia creció bajo el techo de un caballero bastante tacaño. Sin embargo, no era víctima de vicios y mantenía una vida ordenada.

Gracias al arduo trabajo de su infancia, el padre de Dazai había desarrollado mucho talento atlético. Era eficiente en muchos deportes y, en especial, era talentoso en el más importante: el fútbol.

Lo único que lo unía a su padrastro fue lo que le convirtió en su humilde secuaz. Le escondía secretos y lo acompañaba a partidos amistosos. Se había desarrollado casi una amistad entre ambos, tanto así que cuando el papá de Dazai desertó del servicio militar por haber agredido a un teniente de alto rango, don Ricardo le ayudó para que no hubiera repercusiones graves al respecto.

Hay que tomar en consideración que fue en plena dictadura y el día de su accidente estaba desesperado por hacer algo. Le reclamaba al CESFAM, le reclamaba a los jefes, lo miraba tan preocupado que le decía «mi niño».

El papá de Dazai tuvo una juventud llena de aventuras, locuras, mujeres, alcohol y algunas drogas. No probó tantas como su hijo, pero la ciencia dice que la personalidad adictiva se hereda en el ADN. Tuvo mucha suerte en muchos trabajos bastante bien remunerados, incluso fue a trabajar a Buenos Aires por dos años.

Era inteligente, tenía voluntad, era educado y humilde, por eso mismo solía agradarle a sus jefes y compañeros de trabajo. Ser un hombre blanco con buen trabajo en los 90 chilenos era todo un paraíso. El padre de Dazai se sentía grosso de disco en disco, de mujer en mujer, de partido en partido, disfrutaba como nunca, pero era un romántico empedernido, en el fondo buscaba amor.

Fue padre a los 23 años, ilusionado por hacer todo lo que no pudo hacer con su propio padre. Era la oportunidad que la vida le otorgaba para cumplir aquellas fantasías de la infancia. Lamentablemente, un día llegó del trabajo y encontró a la futura madre de su hijo con otro hombre. Entonces, colmado por la decepción, desapareció con sus ilusiones en la maleta.

A los 27 años, le tocó trabajar en El Palqui instalando teléfonos. Una noche, le invitaron a un baile con orquesta. A la madre de Dazai, esa misma noche, sus hermanas le suplicaban reiteradas veces para que las acompañara al baile porque, de otro modo, su madre no les daría permiso.

A ella no le gustaba mucho salir, tampoco disfrutaba de beber o de ningún vicio, ya que se había criado con unas tías evangélicas que le enseñaron la manera correcta de comportarse como una señorita. Sin embargo, amaba bailar y solo por esa razón aceptó la invitación.

Estaba de visita en El Palqui porque vivía en Santiago. Vestía ropa moderna, tenía una cintura de Shakira y una cabellera negra, larga y voluminosa. Morena, de ojos tiernos y llenos de carisma, su presencia llamó la atención de más de un caballero. Ella ignoraba a todos, incluso al padre de Dazai, quien, con total seguridad, le invitó a bailar. La diferencia en él que no aceptó un no por respuesta y, con una tercera insistencia, ella dijo que sí.

Al día siguiente, el papá de Dazai, desde una escalera conectando cables arriba en un poste, se fijó de lejos en la mujer que había invitado a bailar. La encontró tan hermosa y, a la vez, simpática, que se propuso conquistarla. Así que, a toda velocidad, se bajó de la escalera para alcanzarla. La sagacidad del hombre le había sorprendido, como a la vez inquietado.

Los hombres de ese pueblo no solían ser así, además de que se vestía con colores extravagantes y tenía un acento algo argentino. Ese particular carisma le conquistó, así que aceptó la cita, aunque su madre tuviera recelos con este hombre mayor. Bueno, sus desconfianzas eran apropiadas, porque no transcurrió mucho tiempo para que se diera la existencia del protagonista de la historia.

El padre de Dazai vivía en la total levedad del ser, pues, como se mencionó antes, era un lujo ser un hombre en aquellos tiempos. Así que, cuando supo la noticia de que sería padre por segunda vez, no se lo tomó con tanta emoción. Su desinterés rompió el corazón de la madre de Dazai, se veía criando a su hijo sola y eso la desalentaba.

El día 6 de junio de 1996, la joven empezó a sentir contracciones en el bus camino a Ovalle, su madre la acompañaba. Llamó al Superloco, pero no respondió, estaba tomando. Entonces, a las doce de la noche, le hicieron una cesárea ya que el niño venía de pie.

XVIII

Antes de que se avecinaran las fiestas patrias con el *tiki tiki ti*, Dazai ocupó el tiempo de las vacaciones de invierno cosechando mandarinas y paltas. Su papá ya estaba de vuelta en casa, pero debía continuar en reposo. Además, otra persona que retornaba al hogar era su hermana, así que los cinco vivían bajo el mismo techo, como antaño.

Y quizás esa casa, con su espacio reducido, no estaba realmente preparada para recibir tan caóticas presencias. Contaba con dos habitaciones, la de sus papás y la de Kali, en la que cabían dos camas de una plaza y que, a duras penas, compartía con Raffaela, mientras él, el varón, tuvo que conformarse con la media agua que separaba su casa de la de sus abuelos, en el terreno.

Una casita de madera empolvada en viejas historias y fantasmas de pasados inquilinos que habitaron ese lugar (la media agua fue un regalo para que sus abuelos votaran que sí en el sufragio). Se mudaron a esa casa cuando Dazai tenía seis años, debido a algunos problemas económicos en Iquique. Su papá trabajaba en una empresa telefónica y el jefe se perdió con los pagos, así que no tuvieron otra opción que regresar a Punitaqui, así que había que acomodarse en el hogar de su abuelita.

El día que llegaron llovía como no lo hacía hace mucho tiempo debido a la sequía. Toda una infancia septentrional lo envolvió de asombro al ver tanta agua por doquier, paisajes de un verde sublimado y aquel olor exquisito de tierra mojada. Su prima Estefanía se encargó de cuidarlos para que los adultos conversaran tranquilos. En las noticias se repetía una y otra vez la imagen de esos aviones estrellándose contra las torres gemelas. No entendía mucho, solo escuchaba que mucha gente había muerto.

—Mi niño, a veces en el mundo hay gente muy, muy mala que hace cosas sin pensar... —le decía su prima, sin explicarle más en detalle.

No dimensionaba exactamente lo que ocurría, pero aprendía, en cierto modo, que alguien estaba dispuesto a suicidarse por sus ideales, incluso si eso mataba a un montón de gente inocente.

A esa edad, Dazai estaba obsesionado con los superhéroes, en especial con la Liga de la Justicia y en ese entonces le gustaba soñar despierto e imaginar que era parte de aquella organización poderosa de seres sobrenaturales, capaces de salvar a esa gente desesperada por salir de esos edificios ilesos. Él mismo consideraba que tenía la superhabilidad de la empatía.

Para sus amigos era debatible si era un don o una maldición, porque no podía evitar meterse en los zapatos ajenos, inducirse a la atemorizante pregunta de qué haría en esas circunstancias y sufrir el dolor del mundo y sus problemas. Ese mismo sentimiento heroico se había extendido en su vida por siempre, puesto que no solo le gustaban aquellos dibujos animados por la mera acción, sino por el acto de hacer el bien.

Había leído por ahí, entre teorías conspiratorias, que el mismo gobierno de Estados Unidos había realizado ese atentado para seguir con sus conquistas imperialistas en el Oriente. No sabía si era cierto o no. De todas formas, era niño y no quiso ver más el noticiario, era ineludible no imaginarse en esa situación, por lo que optó por observar a su alrededor, escuchando el calmante sonido de la lluvia.

Las paredes estaban decoradas por rostros de cerámica de una pareja de asiáticos que le daban la impresión de seguirle con la mirada. Después de mucho tiempo, caía en la paranoia infantil de creer que esa casa estaba embrujada al escuchar el crujir de la madera o los sonidos fantasmagóricos del viento en el entretecho.

Se podría pensar que, siendo una persona adulta de veintiún años, ya no tendría miedo de estar en esa casa, pero todo lo contrario. Ahora no solo el insomnio le tenía despierto, sino también la compañía de espíritus. Hubo una noche, en particular, en la que tuvo una visita inesperada. Trataba de dormir con audios de meditación cuando escuchó que se había abierto la puerta delantera que daba a la calle.

Vivía con el constante miedo de que alguien se metiera a robar y no es que tuviera muchos lujos dignos de hurto, pero su computador tenía un pedazo de su alma: sus trabajos, proyectos, responsabilidades de la universidad. La sola idea de extraviarlo fomentaba sus típicas ganas de matarse, porque el dolor le afectaría como la pérdida de un hijo o una hija.

Escondía el aparato debajo de su almohada, esperando al sospechoso, dudando entre juntar coraje y enfrentar a quien fuera que se estuviera metiendo o aparentar invisibilidad entre las sábanas y cobertores hasta que el intruso saqueara el lugar. Pasos sigilosos se aproximaban e interrumpían el silencio de la noche. Entonces, alguien se sentó en la esquina de la cama, una persona que tiritaba… ¿de frío o de miedo? Era difícil de saber.

Tocó sus brazos y rostro por si era él quien estaba tiritando, sin embargo, había un peso que hundía la cama demasiado real para confundirlo. Se agarró de valentía con el celular y la linterna encendida, bruscamente saltó, apuntando en todas las direcciones. Aunque no había nadie, tenía la impresión de que una persona estaba ahí, por lo que corrió a la casa de sus papás. Por supuesto, nadie abriría, así que ahí, parado en el patio, desamparado, la sensatez ilógica formuló la hipótesis de que un pito propugnaría sus miedos. Así que se sentó en una banquita, rodeado de los perros de la casa.

Al día siguiente, amargado por la falta de sueño, le irritaba la cotidiana e indómita voluntad de su mamá, quien había despertado antes que todos. Ya había preparado colaciones, mochilas con bloqueador, jockeys, cepillo y pasta dental, botiquín de primeros auxilios, todos los elementos aunados para proveer un día de trabajo ameno. Se encargaba incluso de levantarlos a él y a Raffaela, como en aquellas épocas en las que debían ir al colegio.

Su hartazgo rutinario de soportar todos los días el frío de la madrugada los mantenía renuentes a sus peticiones, pero había que responder o no había dinero. Al subir a esa micro vieja, su cerebro ruidoso de negatividad a mansalva se proponía a regar la flor de su depresión. Eris le decía: «Puede que trabajes en esta mierda toda tu vida. ¿Crees que alguien te contratará como traductor si ni siquiera puedes pasar tus ramos? Serás como todos los gais pobretones, un chiste, un estúpido chiste apestado de fracaso».

—Hijo, traje fideítos con salsa blanca, tus favoritos —avisaba su mamá, con toda la intención de provocar una sonrisa en su rostro malhumorado.

La voz de su mamá interrumpía un sinfín de odio, esa misma voz de la persona que más amaba le enfurecía, tanto que respondía a todo con ironía. Dazai no quería seguir siendo grosero con ella, así que se puso los audífonos para olvidar lo mucho que se odiaba. Observaba a través de la ventana los paisajes de Punitaqui, ya nada era tan verde como la primera vez que los conoció.

Muchos lugares, escenarios que habían sido reemplazados por basura, escombros y poblaciones nuevas. La canícula traía de vuelta a todos aquellos que regresaban a la cosecha de mandarinas y paltas, algunos rostros nuevos, como el de su familia, pero el grupo era el mismo.

La temporada agrónoma, según Dazai, exponía claramente el concepto de sociedad disciplinaria o sociedad de control de Foucault, ya que las mismas estructuras adoctrinadoras que representan al capitalismo, en conjunto con el patriarcado, se pueden percibir fácilmente, puesto que no hay mayor diferencia entre la vida en la escuela y la vida en el trabajo.

Don Riffo, el administrador de la empresa, era como el director; don José, el capataz, era como el inspector; y la tía Jesica, anotadora de los tarros con fruta, la profesora jefa. En las mandarinas, Dazai encontraba la forma más prístina del capitalismo.

Esa sed de competencia y astucia intrínseca se hallaba en cada trabajador, preparado para robarte fruta si era necesario para obtener un mejor sueldo.

Los simios son naturalmente patriarcales. Su manada se basa en la simple idea de que el macho más fuerte se convierte en el líder, un poder que es establecido por medio de la fuerza bruta. Y entonces, desde esa lógica, se estructuraba toda su jerarquía social.

Las hembras más fuertes ocupaban el segundo lugar de la cadena, seguido por las más débiles, que compartían ese lugar con las crías, dejando a los machos más débiles en la base de esta pirámide. La humanidad, en su estupidez primitiva, sigue las mismas costumbres de sus primos primates y en el fundo se veía una cultura similar.

La verdad es que para Dazai todo era como estar de vuelta al colegio o al liceo, poniendo a los hombres más fuertes en una posición de ventaja. Había momentos que disfrutaba bastante al trabajar allí, había risas y webeo. Sin embargo, esa jerarquía patriarcal era perpetuada cuando algunos de esos hombres más rudos y fuertes se burlaban de él y la humillación que provenía de eso fue un calvario que opacaba todo recuerdo ameno de esa experiencia.

Su hermana fue quien sacó más provecho del trabajo y no porque haya trabajado aguerridamente sacando mandarinas de los árboles, sino que abrió la puerta a una comunidad la cual le era desconocida. El mundo de las rancheras, los corridos, los bailes, las carreras de caballos y perros, los rodeos, justo durante las fiestas patrias, cuando estas costumbres toman el protagonismo de la nacionalidad y el patriotismo.

En esas fechas conoció al *cowboy*. Se enamoraron tomando cervezas por semanas en el terreno de un tío de él. La bebida los unió, reacios a lo que la mayoría opinase sobre la mala influencia que constituía el uno para el otro.

XIX

Diario Dazai

15 de noviembre

No tenía ni idea de qué hacer en las fiestas patrias, pero el sistema prácticamente te obliga a pasarlo bien, o sea, a gastar dinero, porque de otro modo te quedarías encerrado en tu casa contemplando la diversión ajena, mientras te cocinas con el calor junto a toda tu miseria y soledad. La verdad es que me quedé con los brazos cruzados, no había mucho que hacer al respecto, creía que era maduro comprender que no siempre es necesario gastar en virtud de placer. Pero, claro, el universo escuchó mis abnegados pensamientos y decidió mandarme un mensaje de Facebook.

«Hola, oye, ¿no te tinca ir a la playa con unos amigos mañana?».

En primer lugar, se había cumplido toda la misión de gastar el dinero de las mandarinas y, para darle otro toque a mi felicidad, era la oportunidad pertinente para concretar mi romance facebusiano con Tomás. Él era un chico heterocurioso a quien había conocido en mi primer año de universidad. Era primo de la Olguita y ella estaba al tanto de su curiosidad, así que nos trataba de emparejar.

No funcionó. No obstante, nos hablábamos por Facebook desde entonces y esa era la mejor ocasión para conocernos más a fondo. Pareciera haber sido coordinado por los mismos dioses del destino, porque Cami también iría a Tongoy con unos amigos. Todo iba perfecto, casi como si el mundo nos hubiera hecho la desembocadura para que saliéramos al mar, directo al hedonismo primaveral.

Como de costumbre, me desperté justo para el almuerzo y me enteré de que mi comadre no iba a poder ir conmigo. Fue lamentable, pero me sentía impaciente por comenzar una nueva historia de amor. Quizás Tomás sería quien terminara con la maldición de no ser correspondido.

En la micro, camino a Ovalle, imaginaba toda clase de posibles escenarios románticos: caminar de la mano en la playa, nadando en las olas, durmiendo en la misma carpa para quizás culminar en un intercambio delicioso de fluidos. Tan solo la esperanza me tenía embriagado de amor, pero, al igual que cuando todo el alcohol abandona tu cuerpo después de una borrachera, nuestro encuentro fue la resaca.

Él, investido en caballerosidad, esperaba en el paradero con los ojos en el suelo, abordado por la vergüenza. Si me hubiera visto, habría notado la decepción en mis ojos y tal vez suene como alguien superficial, pero cuando lo vi ya no era el muchacho que me había gustado: subió de peso y se había puesto un diente de oro. Una parte de mí me decía: «Huye, inventa una excusa y regresa a Punitaqui», pero tengo prohibido contradecirme de nuevo. He dicho que trato de cambiar los paradigmas de belleza, por lo que era mi obligación moral darle una oportunidad a ese chiquillo.

Evité toda clase de sospecha a mi decepción y, con mis habilidades actorales al cien por ciento, demostré una alegría desbordante. Pensé: «Tal vez no me guste mucho físicamente, pero eso es lo de menos. Me podría enamorar de su personalidad o gustos similares».

La Olguita había ido con su pololo y unos amigos, así que mi estratagema se centraría en sentarme a su lado en el viaje para poder entablar una conversación y así sacar un diagnóstico de su persona. Por desgracia, el plan se vio interrumpido por la timidez del muchacho, que quiso que nos fuéramos en el asiento de atrás con los demás. Debido a que solo hay cinco espacios disponibles, decidí irme solo. A través de la ventana, contemplaría el paisaje, disfrutando de música.

«Solo aprovecha la invitación y disfruta», pensaba.

Tomás se comportaba tranquilo, a diferencia de sus amigos inquietos y desordenados. Vislumbraba que su actuar era para agradarme con esa apacibilidad y, en cierto punto, cumplía. Era como un joven enamorado conociendo a su princesa por primera vez. Sonreía de forma controlada e intercambiábamos miradas coquetas. Al arribar, el muchacho, sin saberlo, usó la mejor trampa de conquista: un pito gordito de un olor sabroso, al mismo tiempo que armaba otro.

Me dije: «Bueno, tal vez si sigue así me caso.» Evocaba imágenes de un futuro en el que estuviéramos juntos y nos fumáramos todos los pitos posibles, acostaditos, para ver una película de mi elección. Nuestro pololeo no se veía tan malo en mis fantasías. Desatado por el nuevo panorama en mi cabeza, me recargué de energía para animar a todos. Compramos alcohol, bebidas, embelecos, melones y vino blanco, listos para irnos a un *camping* en la playa.

El inicio de aquella caminata permanece indeleble en mi memoria, ya que al salir de la botillería vimos un vehículo atropellar a un anciano, uno de esos idiosincráticos que viven para tomar. El conductor ni siquiera se detuvo para ofrecer algún tipo de ayuda, nada. Nosotros, preocupados, saltamos a su socorro enseguida, pero el hombre era arisco y decía no tener nada, aunque claramente salían gotas de sangre de su ropa. Después de mucho insistir, el caballero se enfureció, por lo que lo dejamos en paz.

Aquel momento simbolizaba el ápice de lo que proseguía, porque el sendero a la playa sería largo, caluroso y cansador. Fueron kilómetros cargando bolsas, con el burlesco sol poniéndonos atención; los autos avanzaban a toda velocidad por el camino de tierra, levantando una espesa nube de polvo. El sudor, escurrido por la piel, se llevaba todo el optimismo de mi cuerpo, mientras el silencio enaltecía la intrascendente química entre Tomás y yo.

Había ahínco de mi parte para funcionar entre ambos, me acercaba, metía temas de conversación, le hacía preguntas. Sin embargo, nada florecía. Después de muchas quejas mías y de mi amiga, el cielo se compadeció de nosotras. Finalmente, habíamos llegado, desembarcamos desesperados por tomar y desvestirnos. Hasta este punto me resigné a que ninguna chispa ocurriría entre nosotros. Ya habíamos pasado lo que considero las tres etapas del enamoramiento:

1) Atracción física: no había.
2) Atracción psicológica: tampoco.
3) Química: definitivamente nada.

No obstante, el tiempo puede ser revelador, quizás debía esperar a que la pócima secreta del alcohol le reformara, expondría en la noche el renacer de un hombre distinto. Las dudas e inseguridades a veces te maquillan de algo que no eres, así que seguiría con la esperanza intacta.

Las carpas se levantaban, las cervezas se destaparon y una sinfonía de cumbias luchaba entre sí por el poder del ruido. Tomás se sentó a mi lado con una actitud diferente, mordaz. El atravesar la playa en equipo había establecido más confianza. Sus ojos buscaban los míos sin temor y me preguntó, como un pololo le diría a su polola:

—Oye, ¿vamos a comer algo?

Necesito explicar que para mí la existencia en civilización implica situaciones performativas, como cuando vas a una entrevista de trabajo o cambias la voz para hablarle a una abuelita. Todas las situaciones requieren de un «tú» distinto y al responderle había ocupado un «yo» que no existía antes de que esas palabras salieran de su boca.

Así que adopté el mismo papel, encarnaba esa piel de novia consentida y enamorada. Puede que hasta por una milésima de segundo lo sentí, quizás seré muy buen actor o esos ojos tiernos de cachorro, listos para ser adoptados, habían apelado a mi empatía.

Entonces, caminamos a orillas de la playa, reproduciendo la escena que antes había visualizado en la micro. La actitud performativa había terminado y, en el mundo terrenal, toda imagen expectativa resulta ser prosaica, no contiene la magia de un poema ni el efecto de una canción. Solo existe como evidencia de la falta de chispa que puede existir entre dos individuos.

Trataba de escarbar profundamente en mis memorias para recordar el punto en el que sentí una genuina atracción hacia él, si es que la había sentido. Pero era fútil, porque mis sentimientos de atracción son tan fugaces. Por eso creía estar enamorado de Julio, porque atracciones de segundos podía tener millones. Podría estar obsesionado con algún muchacho que vi en la playa y sentir que me gustaba desde hace décadas, solo para olvidarlo en la mitad de otro segundo al darme cuenta de alguna mínima falencia en su persona.

Julio, por el contrario, podía decir el comentario más facho o hacer algo grotesco en mi presencia y aun así el latir de mi corazón dependería de su existencia. Después de él, todos los hombres en mi vida parecían ser solo extras en el gran montaje de citas que aguardaban la esperada consagración de nuestro vínculo, tal cual como se ve en todas esas parejas cinematográficas que están destinadas a quedarse juntas después de todos los obstáculos que les impone la vida, después de conocer a todos los demás que forman parte del camino, pero no del destino. Sin embargo, uno no aparece en una comedia romántica, uno es más como la trágica historia de un artista mediocre con sueños incumplidos que camina junto a un chico que no le atrae.

Trataba en reiteradas ocasiones de sacarle unas carcajadas para no hacer que nuestros momentos fueran incómodos, pero solo sonreía fingidamente. Era claro que mi humor no le hacía efecto. También le hablé del último libro que había leído, no recuerdo si fue *Llámame por tu nombre* u otro de esos relatos gais que deseaba que me ocurrieran a mí.

Le expliqué la trama y mis opiniones sobre el libro. Si bien me escuchaba con atención, estoy casi seguro de que no comentaba nada porque no sabía qué comentar. El único tema que resultaba dinámico y fluía sin interrupciones era hablar de marihuana o alcohol.

Así fue como empezamos a coquetear aquella primera vez: carreteábamos en un mundo feliz y el pisco, o lo que sea que estuviéramos tomando esa noche, nos alejaba de nuestras personalidades reales. Portábamos esa piel de la juerga que te hace amistoso, divertido y apasionado. Nuestras caretas originales exponían la esencia del día a día, por lo que la disonancia entre ambos era bastante obvia.

Eran las seis o siete de la tarde y era más claro que la planta de mis pies que no me gustaba el muchacho, pero me apenaba tener que rechazarlo y que la Olguita se enojara conmigo. Se veía muy entusiasmada con la idea de que su primo y yo hiciéramos clic, además de que me había ayudado bastante en su proceso de aceptación, por lo que sentía culpa en mi interior.

Quizás al no corresponderle a alguien, continuaría con mi maldición. Aparte, no me costaba nada acostarme con él esa noche. Cuando ya estaba decididísimo de que le correspondería, me llegó un mensaje de Cami. Me dijo que estaba llegando a Tongoy y me preguntó si podía ir a buscarla.

Les avisé a todos que iría, pero quisieron acompañarme. Puede que los amigos de Tomás estuvieran emocionados de que hubiera una mujer más en el grupo, si tan solo supieran que mi amiga es la más antipática de Chile, con decirles que ni les saludó.

Mi amiga quiso dar un paseo por unos puestos de ropa y *souvenirs*, caminábamos enganchadas del brazo, muy alejadas del grupo. Me habló despacio mientras veía unas poleras de teñido anudado:

—Oye, ¿cachai que el Alan está en Guanaqueros y dice que hay fogatón en el hoyo?

La pausa burbujeaba de dudas, incógnitas, preguntas, análisis y la indecisión recurrente de un géminis. Se me quedó mirando con esos ojos que lograban atravesar mi cerebro para saber exactamente qué pensaba, sonriendo burlonamente de mi mente confundida y me dijo:

—Vamos, po, ¿o no?

La pregunta estaba hecha a punta del arma de su mirada instigadora, que desnudaba mis pensamientos. Ella sabía muy bien que me sentiría culpable por dejar a la Olguita, también estaba al tanto de que por empatía no rechazaría al muchacho, como también sabía que no me gustaba.

Por eso, desde sus pupilas disparaba señales para que dejara de lado todas esas dudas. Nuestra comunicación se desarrollaba en dos dimensiones: una que era telepática, pero involuntaria; la otra, verbal, para confirmar nuestro intercambio de señales. Después de unas cuantas miradas expresivas, le respondí:

—Ay, amiga, no sé. Tú decí que vayamos para allá, pero ¿qué le digo a la Olga?

—No sé, amigo, tú decides.

Ella se lavó las manos, marinando mis decisiones en una olla hirviente y resoluta.

—Ay, amiga, me dejai pal loli.

—Oye, el Alan anda con el Julio.

En un instante, todas las dudas tuvieron una muerte súbita apenas nombró aquel nombre. Caminé hacia el *camping* analizando cómo le explicaría a la Olguita que me iría. Lo más seguro era que se molestaría, pero debía inventar algo o crear alguna clase de artimaña que me zafara del compromiso y la culpa. Incesantemente le pedía ayuda a Cami, sin recibir orientación o consejo de su parte. Mi cabeza parecía una lavadora, dando tantas vueltas a la situación.

Quise inventar alguna mentira, pero estas se multiplican en más mentiras y después pierdes el rastro hasta que finalmente te descubren. Tomábamos melón con vino, mientras el ojo inquisidor de Cami esperaba a que dijera algo. No supe qué más hacer, así que tomé valentía y le dije que iríamos a ver a unos amigos en Guanaqueros. Mentí al decirles que volveríamos, una mentirita pequeña que no lastimaría a nadie, aunque mi amiga se veía bastante decepcionada. De igual manera, nos deseó suerte.

El karma, si es que existiera, esa noche nos castigó instantáneamente con una caminata de varios kilómetros en busca de la carretera. En esos tiempos teníamos la costumbre de viajar a dedo. Cami fue la que propuso la idea, aunque a mí me daba un poco de desconfianza.

Pero como he mencionado, ella me daba la osadía para hacer ciertas cosas. Estuvimos esperando demasiado tiempo, más de lo que hubiera deseado, pero debió ser nuestro karma. Aun así, con mal karma y todo, un colectivero nos llevó. Nos cobró dos mil hasta la playa y como no tenía ni un peso, lo pagó Cami.

La familia del Alan había arrendado una casa en el centro. Nos dijo que debía pasar un rato festejando con ellos y nos pidió que lo esperáramos en su pieza si no queríamos acompañarlo. A mí me hubiera gustado de no ser porque a Cami le fastidiaba compartir con gente mayor o en ambientes familiares.

En todo caso la entendía, porque los adultos de la generación X suelen hacer comentarios inapropiados, preguntas desubicadas, tienen opiniones arcaicas y cuando están ebrios son aún peores. Así que nos quedamos ahí, cargando nuestros celulares, mientras ideábamos nuestros futuros planes de parranda.

En un rato, el Alan se apiadó de nuestra hambre y nos pasó carne asada y bebida. Conversó un rato con nosotros para encender nuestra motivación y luego se fue. No sabíamos qué nos depararía la noche, no sabíamos si triunfaríamos, pero entre tanta ansiedad nos mirábamos y se nos ocurrió pegarnos una siesta para recuperar energías para lo que se avecinaba.

A diferencia de nosotros, el Alan era muy unido a su familia. Era bastante común que carreteara con ellos, con todos, que eran muchos: tías, tíos, primos, primas, sobrinos, hermanos... Esa casa era un pueblo completo. Envidiaba un poco a esas familias, porque con una familia tan grande es difícil sentirse solo en este tipo de fiestas.

Por ejemplo, en Punitaqui no tengo parientes... Bueno, tengo a mi prima, pero no le hablaba a mi familia. Mis abuelos son amargaditos, así que es difícil celebrar algo con ellos.

Por otro lado, tengo a mis parientes maternos con los que no me llevo y lo mismo pasa con Cami, que no se habla con nadie de su familia, ni con su mamá ni con sus parientes maternos ni paternos. Al final, nos teníamos a nosotros y eso era suficiente.

Estábamos en el segundo sueño, abrazados, cuando nos despertó el Alan. El tiempo no existía, así que no sabíamos cuánto tiempo habíamos dormido. De todos modos, nos levantamos con toda la energía recargada. En solo minutos nos arreglamos, claro, que nos pegamos unas líneas antes de salir, así que caminábamos a toda felicidad, con un impulso magnético cargado de adrenalina y euforia.

El plan estaba trazado al paso: primero íbamos a comprar la promo de pisco más barata que encontráramos, luego caminaríamos al hoyo y nos haríamos nuestro espacio para tomar tranquilos. Una vez cumplida la compra, nos fumaríamos un caño para soltarnos y yo me encargaría, utilizando mis pasos típicos, de integrarnos en algún grupo. Ahí, una vez ganada la confianza, beberíamos copete y yo haría que Alan le hiciera gancho a alguna chiquilla.

Bueno, queridos lectores, en efecto, todo lo planeado se concretó. Realmente, podrían haber sido los poderes de la ley de la atracción de Cami o tal vez solo la suerte, pero lo habíamos logrado. En todo ese lapso, ni siquiera me había acordado de la existencia del Julio, probablemente porque estaba jalado. Por esa misma razón, cuando lo vi, fue toda una sorpresa.

No sé cuánto tiempo había pasado desde la última vez que lo vi, pero sentí que habían sido años. No pude contenerme y fui a abrazarlo de emoción, pero esa misma emoción no fue compartida. Se zafó de mí amablemente para empezar a saludar al Alan y a la Cami. Detrás de él venía su nueva polola y su hermano, a quienes, sin querer, ignoré completamente.

Un poco decepcionado, les saludé a duras penas, en especial porque ellos dos eran las últimas personas que tenía ganas de ver. Ambos tenían un poder indestructible de hacerme sentir inseguro: uno lo hacía con intención, mientras la otra simplemente no tenía culpa. De todas maneras, no quería permitir que ningún obstáculo se interpusiera en mis ganas de pasarlo bien. Además, tenía a mi comadre a mi lado y ella era suficiente para que nos aventuráramos en esa noche.

XX

Los humanos pueden ser repetitivos, giran en círculos como todo en el universo, como la Tierra gira alrededor del Sol, como gira sobre su propio eje, como el agua y el aire tienen un ciclo, todo es una espiral. Por eso, al igual que en su cumpleaños, Dazai trató de llamar la atención de Julio con su embriaguez y como en aquella ocasión no sirvió de mucho o al menos eso pensó, hasta que su Rusia quiso irse porque tenía sueño. Ella quería irse con él, pero insistió e insistió y no hubo más remedio.

La luz solar del amanecer se acercaba, quedaban solo algunas personas. Alan estaba ocupado con *free style* en un grupo. Detrás de él, Dazai y Cami inhalaban cocaína escondidos. Julio se les acercó y les pidió un poco, en realidad, esa era la razón de querer quedarse un rato más ya que, junto a su polola, no podía.

Ahora se apegaba más a Dazai, se sentó junto a los dos mientras ellos enrollaban un pito. De pronto, tuvo ganas de acariciar la nuca de su amigo. Lo dudaba, pero lo hizo de todas formas. Le miraba con cariño y el muchacho explotaba por dentro tras aquella caricia. Hablaron entre los tres, reían; por un momento se unieron a rapear.

Dazai lo hacía bien, pero rimaba solo estupideces y todo lo relacionaba con ser gay: «¡Ya! Ahora me presento, soy Dazai, que lo mueve y cuando me acerco te voy a chupar el pene». Cami lo intentaba, pero no seguido; Julio, en cambio, era el que peor lo hacía, pero eso no se lo impedía y batallaba sin parar.

Como las hojas se caen de un árbol en otoño, las personas se iban yendo, pero no lo notaban, estaban embobados de la dicha de la amistad ebria, esa actitud eufórica, como disfrutar de algún apocalipsis. El parlante que sonó toda la noche se apagó y se fue con su dueño. Ahí fue cuando recordaron que estaban acompañados de más personas.

Alan llevó una carpa pequeña que instaló solo para dormir un rato. Después, Cami hizo lo mismo. Julio y Dazai no paraban de charlar, la intimidad y confianza entre ambos los abría. Dazai le expresó que se sentía solo y su amigo le respondió:

—Oye, panita, tú siempre tení amigos, erí resociable y le caí bien a todos... Es bacán eso porque nunca estái solo. Como con tu amiga, siempre te apoya o están juntos, o con la Olga o con el Alan. Yo a veces también me siento resolo, rey, como que con casi nadie tengo esa intimidad que tienes con tus cercanos. Bueno, solo contigo, creo. Tú, de todos los conocidos que tengo, porque no les podría llamar amigos, soy al único al que le cuento cosas personales. Y ahora estoy con la Trini y todo, pero no sé si me quiere, por eso me pregunto si alguien me va a querer algún día.

Soltó una carcajada exagerada y fingida, trataba de minimizar lo que dijo.

—Las hueas que te digo, olvídalo, mi broda.

—Amigo, tú siempre decís eso, pero...

A veces, la emoción de una experiencia puede impedirte proseguir. Los ojos de Dazai tuvieron una reacción espontánea, pero tragó fuerza.

—Yo la verdad no sé qué es el amor, no sé si es real, si existe, tampoco sé qué es estar enamorado... Pero lo más cercano que he sentido... —las olas del mar, la bulla de las gaviotas y todo era mudo ante un silencio torturador— creo que ha sido contigo, porque nunca alguien ha acelerado mi corazón como tú. Lo que más confirma mis sentimientos es el hecho de que no los entienda, de sentirlos y no poder evitarlos, que sean más fuertes que mi propio espíritu, mi propia conciencia.

»¿Qué tan patético puedo ser, que escribí un libro sobre mi amor por ti? Un romance que no ha existido, que es unilateral.

Gracias a ese amor gané un concurso de poesía y sería incapaz de escribir algo tan bueno de nuevo, algo tan sincero y adolorido. A veces hasta me pregunto si me podré enamorar de nuevo, si es que podré volver a tener un sentir así.

Eso es lo que quiso decir, en cambio, se lo dijo llorando y apenas con unas palabras cortas. Le dijo que lo amaba desde hacía tiempo. Él no le creyó, pero le dijo que era en serio, mirándole directo a los ojos.

—Amiguito…

Después de eso no le correspondió. Le dijo que siguieran siendo amigos como siempre, dijo que no pensaba que fuera así, que estaba muy sorprendido, cuestión que dudó mucho porque Dazai no podía ser más obvio. Un silencio incómodo se alargó por unos minutos hasta que se paró a acostarse en la carpa. Había un malestar por todo su cuerpo, ese *cringe* de vergüenza, de arrepentimiento, de una ansiedad que volvería en algún *flashback* malicioso. No quiso llorar, aunque estuviera al borde de ello. No sabía a dónde mirar o a quién acudir, así que buscó en lo más profundo de su imaginación y le habló a Dios:

«Diosito, ya sé que nunca te hablo y que niego tu existencia más de lo que debería, pero es que a veces siento que me abandonaste, que no soy un protagonista digno de tu apoyo. Quizás sea descarado de mi parte pedirte algo y a cambio no volveré a negar de ti. No prometo unirme a alguna religión ni a hacer alguna manda de algún estilo, pero estoy dispuesto a darte el chance de fe. Por favor, termina con esta maldición de amor y ni siquiera de amor, sino de desgracia y mala suerte. Solo pido ser feliz».

XXI

Seis años después

¿Ser feliz es mucho pedir? ¿Quieres ser feliz cada segundo del que estés vivo? ¿Qué significa la felicidad? Dazai iba a La Serena a visitar a unas amigas. Vivía en Punitaqui y trabajaba como profesor en un liceo. Tan solo volver a esa ciudad le traía muchos recuerdos. Lamentablemente, no le agradaba traer ese pasado de vuelta; por alguna razón, solo se venían episodios vergonzosos o tristes a su mente. Incluso se preguntaba si realmente había disfrutado su época universitaria.

Por lo menos ahora tenía nuevas amistades y se había convertido en una persona totalmente distinta. Sus nuevas amigas le apoyaron cuando no tenía nada, le dieron alojo cuando su papá le echó de la casa y justo ese día era el cumpleaños de una de ellas.

Esa noche, un mensaje inusitado emergió de repente. Julio le habló. Al parecer, sabía que andaba por La Serena y quería verle. Por un segundo, pensó en avisarle que estaba en una fiesta, pero se quedó sentado en una cama mirando su reflejo en la ventana. Sentía nervios en el estómago de tan solo pensar en él. Decidir no era su fuerte, así que esperó ahí sentado, embriagado de incertidumbre.

—¿Qué estái haciendo aquí, perra? ¿Por qué no has ido a tomar? —preguntó Mili, una de sus amigas nuevas.

—No sé, es que… ¿Te acordái del loco que te conté?

—¿Ese que es tu gran amor de la vida o una wea así?

—Puta, cuando lo dices así suena tan patético, hueón, pero sí, él.

—Bueno, ¿qué pasa con ese hueón?

—Es que me habló y me gustaría invitarlo, solo que me va a dar un ataque de ansiedad aquí mismo. No hablamos de la última vez que nos vimos. Voy a vomitar si lo veo, creo.

—Ya, ¿pero cómo?, ¿querís verlo o no?

—Pucha, sí, aunque me da cosita.

—Amigo, pero invítalo, po. Y si te sentí muy mal, inventamos una excusa para que se vaya. Tú, tranqui.

Por un momento pensó en decirle que estaba ocupado, pero le daba curiosidad la conversación que podría surgir, si es que iban a hablar de lo que pasó, si le contaría sobre el drama con su papá, si recordarían momentos, saber de su estado actual, en qué estaba. Siempre le gustaba imaginar cómo iba a ser su encuentro desde aquel día en la playa. Después de confesarle su amor, no volvieron a ser amigos y con el tiempo lo superó, hasta se preguntaba si realmente había sido amor.

¿Qué es el amor sino más que una reacción del cuerpo? Pensaba en la ciencia, lo que experimentó tan solo fue que se sintió increíblemente atraído hacia alguien. Entonces, se activó en su cerebro el área tegmental ventral, liberó dopaminas y a su cerebro le quedó gustando. Tanta activación del ATV le puso eufórico y feliz, mientras tanto, la parte superior de la corteza cerebral le hizo nublar sus defectos y su juicio.

Pensaba que quizás eso había sido y eso es involuntario, es algo que hizo su cuerpo. Creía que el cuerpo y el alma eran dos entidades separadas o, por lo menos, no estaban del todo sincronizadas. Se negaba a creer que los humanos son máquinas biológicas, pues, pese a que a lo mejor son presos de sus cuerpos, había una conciencia que permite liberarse de aquello. Por eso decidió quitarle importancia e invitarlo. Hasta incluso puede que ya no sintiera lo mismo.

Se demoró aproximadamente una hora y media en llegar, por lo que Dazai supuso que no iría y permitió que la euforia del *popper* dominara su cuerpo. Solo que Julio ya se había estacionado en la vereda. Estaba apoyado en el capó de su auto, enviando mensajes a Dazai.

—Oye, ¿alguien pidió algún *delivery*? Porque están buscando.

La mayoría se asomó a mirar. Entonces, Mili, sin estar segura, fue a su pieza a buscar a Dazai que estaba inhalando más *popper*.

—Amigo, parece que llegó tu *crush*.

En Dazai se cernían sentimientos de adrenalina incontrolable. Sacó su celular y los mensajes estaban ahí, era él. Caminó apresurado, tratando de guardar la compostura, mientras la droga activaba sus efectos en todo su cuerpo. Julio se percató de que estaba bajo la influencia de alguna sustancia, pero cuando se fijó detenidamente en él, estuvo complacido de encontrarse con un Dazai distinto.

Ya no tenía aquella apariencia famélica que le caracterizaba, ya no tenía sus ojeras ni pómulos hundidos, poseía un corte varonil de aquellos que consigues en barberías venezolanas y su vestuario no tenía ni parentesco con los que solía usar. Llevaba un pantalón cargo *oversize* morado, una polera verde neón y unos zapatos de colores iridiscentes.

Enseguida, se sintió acogido y congenió bastante bien con las amigas de Dazai. La mayoría eran lesbianas que sabían muy bien de su existencia. Por eso, entre todas pactaron dejarlos solos. Gracias a eso, conversaron un montón. Hablaron de sus antiguos compañeros de la residencial, mientras Dazai los recordaba con ternura y nostalgia, Julio aún pensaba que no les soportaba.

Después de estar un rato hablando, Dazai quiso contarle cómo fue cuando supo que Luna había muerto. Le explicó que estaba en casa y que Olga le mandó un mensaje por WhatsApp explicándole que se ahogó con el gas del calefón. Lloró hasta darle un ataque de pánico, se sentía culpable de no haber ido a su cumpleaños, pese a que le había invitado con anticipación.

Recordaba cómo Luna solía decirle que quería presentarle a su mamá y la conoció en el velorio. Por un momento, quiso llorar solo de recordarlo, pero pidió cambiar de tema. La noche transcurría y sus temas de conversación parecían no acabar. A Julio se le emocionaba el alma al hablar con él. Su amigo le producía un sentimiento de calma y le era reconfortante su compañía. Se limpió sin vergüenza la lágrima de emoción, cuando su amiga lo sorprendió con un comentario fortuito:

—Oye, amigo, me sentí remal cuando no te pude ir a ver esa vez que te apuñalaron.

Trató de persuadir el tema, sin embargo, al ser su amigo pensó que era la oportunidad de sacarse aquella espinita en el corazón. De antemano, le pidió encarecidamente que no osara contarle a nadie lo que pasó. Tuvo que hacerlo jurar y prometer, así de serio era lo que le había acontecido. Una vez seguro de ello, le contó cómo su hermano había empezado a delinquir, le decía que tenía amigos que lo llevaron por un mal camino.

Un día, su hermano fue insolente con su madre, así que Julio fue a encararlo. Su hermano, sin pensarlo, le clavó el cuchillo. Sus recuerdos le entristecían y Dazai escuchaba atento. Le agradeció su amistad, que no había tenido oportunidad de sacarlo antes.

Después de eso se unieron a todos, bebieron, consumieron drogas. Julio probó el *popper*, cantaron karaoke, rapearon y terminaron de carretear hasta el día siguiente en la noche.

XXII

En una entrevista, se le preguntó al director sobre la película y los distintos temas que abordaba.

—En un principio iba a llamarse *La maldición de no ser amado*, pero el estudio dijo que era un nombre muy largo, así que nos decidimos por *Unrequited Love*, ya que el protagonista es traductor y parecía ser más llamativo para las generaciones nuevas.

—También nos gustaría saber algo sobre el final de la historia, cuando Dazai y Julio tienen esa conversación que, según el guion original, terminaba ahí, pero tú decidiste agregar un final distinto.

—Eh… Bueno, sí. El escritor original me había pedido en reiteradas ocasiones que no cambiara el final y de verdad tenía intenciones de no hacerlo. Pero unos días antes de comenzar el rodaje, tuve un sueño bastante peculiar. Estaba sentado en la arena, contemplando el mar, cuando escuché la voz de un joven susurrando. Me di la vuelta y me encontré con la imagen de Dazai, esa misma que veía cada vez que le imaginaba leyendo la historia.

»Lo encontraba muy similar a mí, la verdad, aunque no hallaba muy interesante el guion. Había algo en él que me identificaba. Bueno, en este sueño lo vi arrodillado con las palmas juntas, estaba orando, pero parecía orarme a mí. Me decía: «Diosito, por favor, haz que me quede con él y no te pido nunca nada más. ¿Qué te cuesta?». Lo vi suplicándome.

»Se agachó hasta el punto de besar mis pies. Sentí compasión por él de repente, aunque a veces pensaba que no lo merecía y, además, no estoy acostumbrado a crear finales felices. Es increíble lo que te voy a decir, pero quise hacer algo por ese niño, fuese real o no. Se lo debía, onda, se dio el tiempo de visitarme en un sueño.

»Por eso tiene un beso final que podría ser interpretado como el principio de algo bonito o quizás algo feo, porque no sé si hacían muy buena pareja, pero es lo que él quería y a lo mejor es lo que quisiera ver la gente que no es amada.

BANDA SONORA

Bien o mal
Julieta Venegas

Todo cambio
Camila

I'd rather go blind
Etta James

Hasta que te conocí
Juan Gabriel

¿Dónde estás corazón?
Shakira

Love/paranoia
Tame impala

Aprovéchalo
Wisin y Yandel

Callaita
Bad bunny

I want you to love me
Fiona Apple

Inevitable
Shakira

Fiesta
Raffaella Carrà

EDIQUID